人生不过一场爱

〔美〕刘墉·著

北京联合出版公司
Beijing United Publishing Co.,Ltd.

目 录 ◎

第一章 一生能有多少爱

第二章　幸福总在当下

第三章 爱是偷偷的陪伴

第四章　不负我心，不负我生

第一章

一生能有多少爱

爱情就像色彩，它们可能有基础、材料的不同，有知识、种族的差异，有感性、理性的区分，甚至有所谓经得起、经不起考验的顾虑。

但是，就爱本身而言，只要那爱的当时，是生死与之，以整个生命投入的，就是“绝对的爱”！

人生何必重新来过

一位从来不碰股票的朋友，第一次进场就赔了钱，真可以用“伤心欲绝”来形容。

“本来想赚一笔，没想到，才买就大崩盘，赶快认赔杀出。”朋友低着头说，“可是才卖，隔两天又涨了。”听声音，他几乎要哭出来，“你知道，我就这么一点儿钱，一下子赔掉三分之一，气得真想跳楼。”

“你当时为什么不等两天，看看情况再脱手呢？”我问。

“就是啊！我就是后悔，骂自己为什么那么急着卖，如果等两天，不但不赔，现在还赚了。”他狠狠地敲自己的膝盖。

我拍拍他：“如果时光倒流，你完全不知道后来会涨。现在又回到崩盘的时候，我问你，你是不是就不卖了？”

他想了想，抬起头，盯着我说：“我还是会卖。”

“为什么？”

“因为我年岁大了，孩子还小，我不能不为孩子留个老本。”他突然变得很肯定，“我不能冒险！”

“这就是了！”我说，“时光倒流，你还是一样，又有什么好后悔的呢？”

他先没说话，突然笑起来：“是啊，有什么好后悔的呢？”

◎

以前办公室有位女职员，长得很漂亮，但是命很不好。

“要是当年我爸爸不那么早死……”总听见她对同事说，“我也不会休学，不用那么小就去做事，不会碰上那个浑蛋，不会十九岁就带个孩子，不会又被甩了，成现在这个样子。”

她很聪明，学得快，动作快，又有耐性。几个主管常私下讲：“她要不是高中都没毕业，真可以让她升上来。”

最近又遇到她跟几位老同事，我就请大家一起去喝杯咖啡。

算账的时候，我把账单抢过来。她在桌子另一头笑道：“二十三块，对不对？”

我吓一跳，说：“你真厉害！”

“我很聪明的。”她歪着头，“你不是早知道吗？”

“是啊！”我感慨地说，“当年要不是你父亲死得早，你说不定今天当教授了。”

她没搭话。别的同事却接过话：“她现在不谈以前了。”

“对！”她咬着牙说，“我儿子刚考上布朗士科学高中，你知道吗？有了他，我很满足。”想了想，她又加一句，“如果重新来过，也不舍有这个儿子，不是吗？”

◎

看电视节目《真情指数》，主持人蔡康永访问知名作家柏杨。

“我只因为一行字，被关了九年二十六天。”柏杨回忆过去那段被迫害的日子，深沉地，一个字一个字地说，“失去了自由、健康和人权……”

“如果把那十年牢放在你面前，你是不是就不写了？”蔡康永问。

柏杨一笑：“不写不可能，这是命中注定的，个性造成的悲剧。”

◎

有一年暑假，我搁下台北忙碌的工作，飞到安克拉治，与从纽约飞去的太太、儿子和女儿碰面，再一起游阿拉斯加。

不知是否是在桃园机场吃坏了，从上飞机我就开始胃痛，而且一路痛下去。

饭后胃痛特别厉害，天气愈冷愈糟，仿佛有把尖刀在胃里绞，吃什么药都不管用。

夜里，躺下来就更痛了。痛得浑身冒冷汗，湿透了睡衣和床单，但我忍着，不吭气，听一双儿女的鼾声。

就这样，我躲在厚厚的羽绒服里，陪着一家人，从安克拉治坐汽车、坐火车、坐船，游了一个又一个冰河，去了北美最高的麦金利山，再转往北极圈的费尔班克斯。

十几天的旅行结束，回纽约看医生，才知道是胆囊炎。

“早不犯晚不犯，”我对医生抱怨，“为什么难得一家人旅行的时候犯了？”

“很危险，当时要是破了就麻烦了。”医生笑，“不过，你不是也玩下来了吗？”

“玩下来了。”我回家对妻子说，“一路痛苦地玩下来，为了补偿这次的遗憾，我改天要重走一次。”

转眼，两年过去了。常想到那次“痛苦之旅”，常把当时拍的照片拿出来看。

每一次按快门，记忆中似乎都是在疼痛中按下的，摄下了妻子儿女的笑。

妙的是，我居然没有漏过任何精彩的景色，即使在风雪中游冰河的那天，仍然站在甲板上拍下许多很好的画面。

我开始自问：我漏掉了什么？有什么遗憾？我只是少吃了几餐美食，少睡了几个大觉。其实什么壮阔的风景，我都没错过。

甚至可以说，因为在痛苦中，那冰河的冷、硬、蓝，变得更悲壮，更让我印象深刻。

也因为我忍着剧痛，做了牺牲，使我对家人更多了一种特殊的爱。

◎

想起有一次跟朋友打网球，正巧以前的教练经过，我就问他：“你觉得如何？”

“很烂。”他扮个鬼脸，“很多该接到的都没接到，很多该赢的没赢。”接着对我喊，“但是很精彩！”

“这是什么意思？”我追问。

“有些人的球打得好，两边在底线抽来抽去，好，但是不精彩。”他笑道，“你们两个虽然技术不好，却很拼，所以跑来跑去，很精彩。”

我常回味他的那句话——

打一场很烂却很精彩的球。

◎

我也常回味那次阿拉斯加之行，觉得那就是一次很烂却很精彩的旅行。

人生就像这么一场球、一次旅行。

我们可以遭遇很坏的情况，命很苦，表现很差，该赢的都没赢。

但是，在那苦难中，我们也坚持到底，度过几十年的岁月。看着大时代的变迁，看着恋人的来去、子女的成长、世事的繁荣与萧条。

无论是甜还是苦，我们都走过来了。如果有悔，想想，再来一次，只怕还是一样；如果有恨，想想，那恨的人与事也将随着我们凋零。

我们确实可能打了一场很烂的人生球。

幸亏它很精彩。

回忆中一点儿也不比别人逊色。

而既有的已经有了，既失的已经失了。在我们的阴错阳差中诞生的下一代，已经成行成荫了。

人生啊，就是如此，已经完满！

何必重新来过？

恋爱的扉页

“我发现我有了恋爱的感觉！”一位专科学校的女孩对我说，“每天上学，我都会经过一户非常有钱的人家门口。他们的墙很高，上面还拉着铁丝网，大门好宽好宽，给人一种好神秘的感觉。上个星期，我经过时，正好门开了，我看到一个年轻的男孩子，正坐在轮椅上晒太阳。我看看他，他也看看我。”

“然后呢？”

“然后，那大门就又关上了！然后，我就一路想，上课也想，睡觉也想，想象那个苍白着脸的漂亮男孩子得了重病，而我被请去照顾他，为他推轮椅，给他念书听。然后……然后我们就恋爱了！”

“再然后呢？”我又问。

“为什么要问再然后呢？”

“为什么不问？”我说，“日子总要过下去啊！譬如再然后，你们就结婚了！他病重得不能跟你同房，或是他没多久就死了！你怀了他的孩子，你又改嫁……”

“老师，你好煞风景啊！”女学生居然有点不高兴，连脸色都变了，“你怎么不问白雪公主被王子救活之后有没有结婚？后来有没有离婚呢？”

◎

谈到“白雪公主”，倒使我想起最近看日本导演高畑勋的卡通片《萤火虫之墓》。

片子描写第二次世界大战结束前后，在日本的一对兄妹，母亲被炸死了，父亲从军，下落不明，家又被烧光了。

只有十四五岁的哥哥，带着四五岁的妹妹，受尽亲戚的白眼，二人只好到外面漂泊。

两个孩子住在阴湿的防空洞里，吃偷来的地瓜和捞到的田螺。妹妹营养不良，肚子肿、发烧，吃下哥哥弄来的最后一口西瓜，就死了。

哥哥把妹妹火化，骨灰随身带着，最后也撑不住倒下……

片子放了一半，妻就走了，还一个劲地催小女儿不要看，五岁的小丫头却坚持看到底。

片子放完，小丫头坐在椅子上没立刻站起来，问她好不好看，也不答话。隔一下，跳起来走了，我偷偷看见她眼睛里忍着的泪水。

第二天，再问她好不好看。

“人为什么会死呢？”小丫头回答，“为什么‘美女和野兽’不会死？为什么‘睡美人’不会死？为什么‘灰姑娘’不会死？她们都跟王子结婚了，多好！”

“可是你要知道，他们有一天，也会死！”我笑着拍拍她。

“我不要听！”她叫着跑了。

读川端康成的成名作《伊豆的舞女》，描写他在二十岁那年，为了纾解郁悒的心情，一个人到乡下旅行。路上遇到跑江湖卖艺的一家人，其中一个十四岁的少女，竟开启了川端的心。

故事写得很淡，用轻轻的笔触，写少女怎么不经意地让发梢碰触了川端，怎么跪在地上，为他刮去裤脚的泥土。写少女在蓝蓝的光影中，裸身跳入温泉，以及临别时，看似去送川端上船，却又蹲在路边一言不发。

还有，直到船走远了，才见到的，挥摇的白手帕。

据说川端康成从二十七岁发表这篇小说，就被人称作“伊豆的舞女的作者”。一直到十年后，再写出《雪国》，才有了新的突破，可见这篇小说在他作品中的重要性。

尤其耐人寻味的是，川端讲，他原来惨绿消沉的少年时期，竟由遇见那少女之后，突然结束了，仿佛由阴雨的寒冬，一下子进入阳光和暖的春天。

不过是与少女浅浅的几句话啊！只是稍稍贴近彼此地坐坐，两人一起在山道上走走，完全没有肌肤之亲，甚至手都没拉一下，为何能产生这么大的影响呢？

◎

突然想起自己的少年时期，也有过的一段遭遇。

十四岁，代表学校参加演讲比赛，遇见一个可爱的女孩。说实在的，她长什么样子，我早忘了！甚至在当时，不过几句话的交谈，也没看得深切。

只是，我们交换了电话号码。

我的电话，其实是邻居的。有一天，突然邻居来叫，说有女生来电话。

心好跳，不知会有谁打电话，接听之后，才晓得是她。

然后，信也来了！电话一通又一通，直到我严厉的母亲冒了火。我打电话过去，又被那女生的老哥吼了回来。

事情突然结束了！

我没觉得怎么样，一下子便忘了。只是一天天过去，我一天天长大，对那女生的记忆，不但没变淡，反而渐渐浓了。觉得有点酸酸的，有点凄、有点美！

我后来常想，我是该感谢她，还是怨她呢？

她或许比我大、比我早熟些，于是不经意地撩拨起我的情怀。

虽然我那时还是青涩的，没有情怀，但我的情怀，甚或是我情窦初开的那点感觉，也似有似无地被她偷走了。

◎

“一个人一生只恋爱一次，是幸福的！不幸，我刚刚比一次多了一次。”王蓝先生在《蓝与黑》这本小说里，一开头就说了句耐人寻味的话。我想，一个人一生可能恋爱很多次，但绝对能确定的是：“初恋只有一次！”

问题是，会不会有人可能恋爱许多次，却失去了初恋的感觉呢？

电视上访问一个被强暴的女孩，女孩子很平静，冷冷地说：

“我恨他（强暴者），因为他不但伤害了我，也夺走了我的感觉！我过去没谈过恋爱，以后当然会恋爱，可是我却失去了那种最初的感觉！”

也让我想起，以前认识的，一个灵慧女孩子的话：

“在没恋爱与初恋之间，有个特别的感觉。就像是一本书，被翻开了，还没读。虽没读，却有了读的感觉、读的心情！”

◎

多美呀！读一本恋爱书的心情！

只要那么一刹那！不必很现实，不要想得太远，也不必有激情的动作与言语，甚至只是眼神的略一接触。

那扉页，就被翻开了！

你我都将走的一条路

女儿过四岁生日，朋友送了一卷名叫《雪人》（*Snow Man*）的卡通录影带。

片子里描绘一个小男孩堆了个雪人，半夜从窗口望出去，雪人居然活了，向小男孩招手。

小男孩偷偷溜出去，先带雪人进屋参观。接着，雪人则拉小男孩在雪地里奔跑，跑着跑着，竟飞上了天。他们穿过城市、飞过海洋、越过冰山，到达了北极，那里有许许多多的雪人，大家一起玩耍。

然后，雪人把小男孩送回家，自己依旧站在原来的地方。

第二天，小男孩被耀眼的阳光照醒，拉开窗帘，雪人居然不见了，只剩下帽子和围巾，留在地上。

心爱的东西不见了!

“雪人不见了!”片子放完，小女儿有些失落地说，“他为什么不见了呢?他还会不会回来?”

“雪人融化了!不会回来。可以再堆一个，但新堆的雪人，已经不是旧的雪人。”我说，“这世界上，很多我们心爱的东西，有一天都会不见，而且再也不回来。”

小女儿似懂非懂，怅惘地进去睡了。

“为什么做这样伤感的卡通给小孩子看呢?”我对朋友说。

“因为这是教育的一部分!”朋友讲，“所以，我们要给孩子养小宠物，先教他们有爱心，由过去的被爱，到爱自己的宠物。然后，就是教他们伤心，因为小动物的生命总是比较短。当宠物死去的时候，他们会伤心得不得了，第一次了解什么是‘死’，死就是再也不回来，就是使过去的甜蜜变得更甜蜜。于是，他们开始知道把握生、欣赏美、接受死。人只有这样，才算成熟!”

“可是，如果孩子才三四岁，就接触死的事实，不是太残酷了吗?”我说。

朋友一笑:

“也有对付小孩的方法。当他们养宠物的时候，你可以找一天，偷偷地把宠物送到外面藏起来。”

“孩子一定会急死了!”

“对!让他们急，让他们找。过一两天之后，你再偷偷把宠物带回来，然后对孩子说:小动物是回去看它妈妈、爸爸了。你有爸妈，它也有爸妈，它看完又回来了，多好!”朋友神秘地一笑，“于是，当有一天，小动物真死了，你只要把它偷偷埋掉，并且对小孩说：‘它又回去看爸爸妈妈了！’小孩就不会太伤心，只是一直盼，盼宠物再回来。即使永远不回来，小孩也会比较泰然，说：‘它妈妈舍不得它，不让它回来！’”

这是多么高明的做法啊！以如此悠然淡远的笔法，把死亡的轮廓勾出来，却又在绝灭当中，带一分盼望，并对死亡加入了许多谅解。

死亡就像登大峡谷？

“死亡像是大峡谷，许多有恐高症的人，到了大峡谷，却不敢往下看，结果不是白去一趟吗？”美国电视上探讨心理治疗的专题中，一位医生说，“所以，每个人都应该学着面对死亡，那是我们一生中最壮阔的景色。既然无法逃避，就去面对它，甚至欣赏它，你反而可能因此而站得更稳。”

那位医生的统计，证实了他的话。

他把患乳腺癌的妇女分为两组，一组只接受放射治疗，另一组则外加心理疗法，后者居然比前者平均多活十八个月。

“我不能治愈她们，只是教她们如何面对生命、面对死亡。”医生说，“死亡是赶不走也打不倒的敌人，我们只好学着跟它相处。”

愈早面对，愈成熟！

我常想，人从出生，就在走向死亡，我们一生中，似乎也就在知觉与不知觉中，学着面对死。

我们的小宠物死了，祖父母死了，父母死了，最后则是自己的死亡。

从小到大，每个死，都给我们一次打击。正因此，我们愈来愈坚强，坚强得能够承受最亲爱的人的离去，坚强得使我们能以较平静的心，面对自己的死亡。

我发现，愈早能面对死亡的人，愈早成熟。因为“认识死”的背面，是“把握生”。接受死的事实，表示一个人有了真正的“客观”，他了解世间的美好，包括自己的本体，不可能永远不变。

只是先后而已！

我总记得几年前在报纸上看到的一段消息：

一对共用一个心脏的连体婴，在奇迹般地活过七个年头之后，终于告别人世。

姐姐比妹妹早十五分钟死亡。当妹妹发现姐姐已经死去，很平静地说：“现在，我们就要死了！”

她要求父亲赶回来见最后一面，并且写了一份朋友的名单，希望母亲帮她们去道别。她还说希望火化，因为不要被关在小小的木盒子（棺材）里。

我常想到那两个孩子临终的表现，当别的孩子还懵懂无知时，她们已经能平静地面对死。

我尤其记得，那母亲说：

“她们的个性完全不同，却能相处融洽。当你发现无法跟争执的人分开的时候，自然会想办法和睦解决。”

我们每个人，都生活在这地球上，无法分开。

我们每个人，都将走向死亡，如同那对连体的孩子，只是先后而已！

我们应该向她们学习，化解一切的仇恨与争执！

坚持做你自己

你奶奶在世的时候常说我的考运好，又讲：“这一定是因为祖上的阴功、父母的德行、自己的努力。”她还有个好笑的迷信说法，说我考高中的时候考场在成功高中，所以我考上“成功”；考大学的时候考场在师大附中，所以我进了台湾师范大学——要是我的考场在台湾大学，就一定进台大了。

每次你奶奶这么说，我都回她一句：“不可能，因为我一共只填了四个志愿，根本没填台大！”

当年大家都填几十个志愿时，我确实只填了四个，而且其中有三个是美术系。好多老师都说我开玩笑，但我知道自己在做什么，我知道我要的是什么，别人很难影响我。

◎

我念书也一样。你一定听说过，我以前因为搞社团、参加演讲比赛，常休公假不上课，中间又因病休学一年，所以成绩很烂，初中高中时都常常不及格，要靠暑假补考及格才能免于留级。

我参加学校的模拟考试也从来没上过榜，唯一一次榜上有名，还是备取。

问题是，高中我考上成功中学，大学上了师大，那些每次模拟考试都金榜题名的同学反而多半不如我。

你猜，那是因为什么？

那也是由于我知道自己做什么、自己要什么，我有自己的读书计划。就像联考填志愿，我不理会别人，只要自己认为对，就坚持走下去。

◎

譬如模拟考试，从初三上学期就开始考，每个月一次，每次都有一定的范围。但因为学校给的范围太大，第一个月，考一年级教过的全部内容；第二个月，考二年级教过的全部内容；第三个月，考一、二年级教过的全部内容；第四个月，连三年级教过的一起考。

但是，我功课本来就烂，一年级、二年级没好好念，不可能准备好，所以我读书的进度总是落后。当模拟考试已经考五本教科书的时候，我才准备了两本，也因此每次都落榜。

只是，我并不在乎同学嘲笑，也不理会老师骂，我自己有计划好的进度。我用“剩下的日子”除以要准备的科目数量，算出每一科能用多少时间复习，到考试正好可以看完。

结果，我成功了。

那些天天上补习班好像很棒的同学反而有很多失败了。

◎

后来，我和那些失败的同学讨论，得出个结论——他们失败，败在没有自己的计划，而一味地赶模拟考试的进度。

他们拼命赶、拼命念，好像都念得很熟了，模拟考试也都得到高分。问题是他们没有精读，每次复习时，翻一翻课本，画得红红蓝蓝，写得密密麻麻，好像都没问题。等到真正“上战场”，却发觉对许多东西已经不那么确定了。

加上好多同学每天赶两班车去老师家补习，还要到学校上课，体力透支太多。老师有时间考，没时间教；学生有时间“学”，没时间“习”——好像只顾吃，却没本事消化，当然不可能健康。

那些去老师家补习的同学，又因为老师“放水”，把学校将考的题目先做过一遍，每次都考得好，在学校可以傲视群侪。他们甚至活在一个假想的“已经金榜题名”的世界，等到面对真正的考卷，才发现好多东西没学到。

所以，有很长一段时间，我是反对学校办太多模拟考试的。我觉得模拟考试固然该办，但不能早早办。就算早办，也要细细规划，不能一次考太多，宁可让学生像砌砖墙，一块一块来，到时候正好砌成一堵好墙，也别早早就做成像入学考试一样，涵盖三年教学的全部内容，造成学生拼命赶进度，结果博而不精。

◎

近年来，我在台北学乒乓球，也有这样的感触。刚去的时候，我自以为已经打得不错，只要学学削球、搓球、杀球就成了。没想到教练一切从头来，连我哪只脚应该在前都管。打球的时候更麻烦，什么“大臂小臂”“大框架”“松执拍、活运腕”“卡磨提举”……一堆术语，我甚至觉得他把我当小娃娃一样教。

问题是一路学下来，我硬是有了新的领悟，回到纽约，跟老球友比画，硬是令人刮目相看。想想，教练按部就班的教法不也跟我准备高中和大学入学考试一样吗？

◎

求学最忌躁进，为学最忌随俗，处世最忌盲从。

我非常欣赏美国人常说的“I know what I’m doing”（我知道我在做什么）。那句话不是在别人劝说时用来做挡箭牌的“自以为是”，它真正的精神是认定目标，锲而不舍地做下去。

孩子，你知道我为什么说这许多吗？

那是因为我听你妈妈讲，你看宿舍里别的同学练习，发现他们的进度比你快，你怕自己太慢，有些忧虑，所以我隔海传真这封信给你。

只要你自认尽了最大的力，只要你有自己的计划、一定的进度和自我要求，就不用管别人。

我又要引一句你奶奶的话了：一听打鼓就上墙头的孩子，不可能有了不得的成就。

靠自己去成功！

你是你，坚持做你自己，最后的成功一定属于你。

你有交异性朋友的资格吗?

她交了男友怎么办?

最近，有两个高中女生来对我说：“不得了了，我们一位最要好的同学交了男朋友。怎么劝她，她都不听，眼看再过几个月，就是高考，老师，你说怎么办？”

“她交男朋友之后，功课是不是一落千丈？”我问。

想了想，两个人异口同声地说：“没有。”其中一位还补了一句：“就是因为她功课不但没退步，还进步了，所以我们愈说不上话。”

“既然没什么坏影响，你们还操什么心呢？”我又问。

“可是，可是，她没上大学，怎么能交男朋友？”

男（女）生是不是毒蛇猛兽?

看她们焦急的样子，使我想起自己的高中时代，我的母亲也总是耳提面命：“没考上大学，绝对不能交女朋友。一交，心一乱，就一生都完了。”

天哪！听她说，女生好像是毒蛇猛兽，会把我吃掉。但是我相信，我邻居女生的父母，一定也这么教育她，只是那毒蛇猛兽不是女生，是男生，只怕还是我。

异性真是毒蛇猛兽吗？如果真是，我的高中时代就是活在原始森林了。因为我的母亲虽然防伺甚严，我家的楼下，却住了一群师大夜间部的女生，而且还有一所“女子英文秘书班”，几十个女生，天天来上课。

我每天跟她们用同一个大门、同一个厕所，甚至同一个浴室。只是，我也没被咬啊！

甚至可以说，正因为我看女生看多了，反而对女生比较有免疫力。

异性免疫力

“对异性的免疫力”，这是许多美国家长都爱谈的。他们的理论是——

不要干涉儿女交异性朋友，只要注意他不酗酒、不吸毒、不滥交，一般正常男女社交，并没有坏处。

因为你的子女如果从小没机会接触异性，到了他（她）该成家的时候，遇到个“浑小子”“小浪女”，主动追他，他因为没有免疫力，没见过“世面”，也没得比较，只怕一下子就“陷入情网”，娶错了妻、嫁错了郎，误了一生。

多妙啊！同样说会“误了一生”，中西方的父母，居然有完全相反的看法。西方的父母多半认为学校是社会的缩影，社会上有男有女，学校里也有男生女生，持以平常心，男女进行正常的交往，当然有助于未来进入社会。

中国的父母则可能在心里画了一条线——高考。没考上之前，绝不准交异性朋友。至于考上之后，放榜那天就是解禁之日，烫发、置装、大笔地给钱，从此“由你玩四年”。四年之后没有异性朋友，做父母的还要操心。

恋爱镇定力

我常想，在我们的社会，中学生交异性朋友，造成负面的影响，一个因为是初恋，比较容易魂不守舍；一个是因为大家总以异样的眼光看中学生的交友问题。结果，偷偷摸摸，没问题也成了问题。

当然，我太太有她的看法。以前，每次提到儿子交女朋友，她都会说：“我当年有个高中同学，单独到台北念书。原来功课很好，只因为交了男朋友，连大学边都没沾上，结果第二年重考，才进了台湾大学。”

“为什么重考又考得那么好呢？”我曾经好奇地问。

“因为跟男朋友吹了。”

“男朋友也没考上？”

“男朋友第一年就进了台大。”我太太说，“一个进了，一个没进，所以吹了。”

我当时就笑说："你怎么不讲，那男生交了女朋友，还是金榜题名呢？所以，不要怪交朋友这件事，要怪得怪你那女同学的定力太差。"

小心你被拖下来

我觉得这件事正可以给交异性朋友的中学生做个参考。

如果你要交男朋友、女朋友，先衡量一下自己有没有这个能耐。你如果平常上课读书的时间都不够了，当然无暇去约会。如果你一交异性朋友，就精神恍惚，当然功课会一落千丈。说句玩笑话：你尤其要小心，你的"那一位"，可能在高考录取的名额里，把你拖下来，让他自己挤了上去。

假使你不能"抓紧时间""控制打电话的冲动"，又不能彼此勉励，化友谊为力量，就表示你没有资格交异性朋友。

谁是好朋友?

对于这一点，我太太倒有段话说得很对。

她说："如果你发现儿子交了女朋友之后，变得更积极、更快乐、对父母更有礼貌，表示他交对了人。相反地，如果他变得消沉、沮丧，而且非常情绪化，处处反叛，表示他交错了。"

我补了一句："表示他没资格交！"

问问你自己

年轻朋友！我知道大部分的师长都会反对你在中学阶段交异性朋友。

你看到我这篇文章，一定会十分兴奋，甚至得意地拿给那些“反对势力”看。

但是，请你务必读清楚：

作为一个在美国教书十几年，且有较开放观念的人，我确实认为每个人都有交朋友的自由，每个人都该培养与异性交往的正确态度。

但是，如果你过去已经在父母的教导下，对异性朋友有了“特殊的印象”，又在男女分校的环境中，失去与异性接触的机会。你就好比总在笼里养尊处优的小鸟，在飞出去之前，务必三思。

不是外面的世界不好，也不是异性真像毒蛇猛兽，而是你在初次接触时，难免发烧。

中学生能不能交异性朋友？这个问题，你不必问我，请问你自己。

多好啊！活得很美！

“我最近好为难。”有个条件不错的男学生对我说，“我有两个女朋友，都很爱我。我也很喜欢她们，不知该选哪一个。”

“表示两个条件差不多。”我说。

“不！条件差蛮多的。”学生瞪着我说，“一个很有钱，家里放了斯坦威的大演奏琴；另一个很穷，我常给她打电话，打一半，就没法说了。因为她的卧室正靠着铁道，火车过，整个房子都震动，什么也听不见，只好拿着电话发呆。”

隔了半年，遇到那学生，他已经结婚了。

“娶了有斯坦威钢琴的？”我笑道。

“不！娶了铁道旁边贫民区的。”

“噢！”我点了点头，“不简单哪！有什么特别的原因吗？”

“有！有一天，我到她家去，坐在她卧室聊天，突然火车过，好响！带起一阵风，把窗帘都吹起来了，那是一块很便宜的薄棉布的窗帘，她自己用手缝的。这时候，阳光射进来，我看见窗台上放了一个宝特瓶切一半做成的花盆，里面开着一丛不知名的小黄花。我问她那是什么花。她很不好意思，挡在前面说，是不值钱的花。我又问，很漂亮啊！是什么花？她吞吞吐吐半天，才说，是野地里挖来的小草花，不值钱！”学生脸上露出一种好特殊的光彩，“你知道吗？我那时突然产生一种感动，冲上去抱住她，叫她不要那么说，不要说不值钱，美的感觉是不能用钱衡量的！就在那一刻，我发觉，我深深爱上了她。”

触动心灵的美，不见得华丽

学生的话，常浮过我的脑海。我常想象那丛浴着午后阳光，被风拂起的窗帘和窗台上逆光看去的野草花。多么平凡，多么美！

记得有一年“情人节”，去花店订花，花店老板随手拿了一枝玫瑰送我。

回家，我把那枝玫瑰插在细细的小瓶子里。隔两天，“情人节”的花也送到了，是二十四朵玫瑰。我又找了一个大大的水晶花瓶，放进去。

奇怪的是，那二十四朵端丽馥郁的玫瑰和旁边孤零零的一小枝比起来，我却对那一枝有种特别的感动，觉得好精巧、好细致、好有慧心。

也想起有一次到何浩天先生家去。布置很清简，案上没花，只有一盆番薯冒出的青苗。淡红色的番薯皮，翠绿弯转的藤叶，却给人一种特别的雅致。让我回到童年，记忆中父亲用小水皿养的蒜苗，在冬天的窗前，盎出一片新绿。

真正会心的美，常像是简简单单的禅宗水墨画，不必华丽的色彩，也无须复杂的构图，却能在那“空灵”处引人遐想，给人美。

美，帮我们度过人生的苦难

自从女儿上幼稚园，也常常给我这种美。

她有个放劳作的篮子，乍看好像垃圾桶。里面有用超级市场牛皮纸袋做的帽子，用衣服夹子和纽扣组成的小人，用纸盘做的面具和用黄豆组成的图画。

学校动不动就发通知，要家长给孩子准备空的鲜奶盒子，或卫生纸用完剩下的“纸轴”。跟着就让孩子从学校带回用那些废物组成的玩具。

问题是，在大人眼中的废物，却成为孩子的宝贝。他们不在乎世俗的价值，只在乎自己有没有感动、有没有想象。

于是，常看见小丫头举着她的劳作炫耀。先觉得她傻，想想，才发觉是自己俗。她让我又想起那个学生的女朋友，窗台上放的宝特瓶花盆和里面的小草花。更让我想起以前一位哥伦比亚大学教授的一段话：

“你们将来教美术，目的不应该是造就几个专业的艺术家，而是培养一批有美感的国民。让他们能从最平凡的东西上见到美，也懂得利用身边平凡的东西创造美，使他们对生活有一种积极、快乐的态度，而不只是现实的价值。更使他们能以美的感觉，面对人生的苦难。”

人，就是一种美

记得初到纽约的时候，去苏活区看一位艺术界的老朋友。进入他的工作室，我差点窒息。

只见一片烟尘飞扬，四处弥漫着浓浓的油漆味，他正埋头修理古董。

他把顾客送来的瓷器碎片，慢慢拼起来。先用胶水黏合，再用瓷粉填补、打光。然后把断缺的花纹，照原来的样子画好。再用喷飞机的罐装油漆，将表面喷成釉彩的光亮。

朋友摘下口罩，陪我走出工作室，小心地跨过残雪的泥泞，步上曼哈顿昏暗的街头。

“多美啊！”他一面呵着手、吐着白烟，一面抬着头，看那四周围过来的高楼，近乎咏叹地说，“纽约！一个真正看到人的城市。”他指指高楼，又指指蹲在街角的浪人，“都是人创造的，各式各样的人，多美！”

我看着他的脸，看那脸上的感动，也从心底产生一种感动——他，一位真正的艺术家。在那么不如意的时候，他依然快乐，依然生活得很美。

心里有美，眼里就有美！

也让我想起东京现代美术馆收藏的川端龙子画的《金阁炎上》，

和波士顿美术馆收藏的《三条殿之火》。熊熊的火苗向上腾升，带起浓浓的黑烟，日本的国宝建筑“金阁寺”正在燃烧，举着刀的武士正在杀人，却能在艺术家的笔下，成为一种美。

火可以烧死人，但它红得很美。冰雪可以冻死人，但它白得真美。战争很残酷，但能写成人类的史诗。古迹已经颓圮，但能发思古之幽情。

不必如意，不必富有，不必有如诗的画境当前。只要我们心里有美，眼里就有美。所有的离合悲欢，都能被咀嚼出一种美。即或是凄美，也很美。

多好啊！活得很美！

尊重绝对的爱

爱情就像色彩，它们可能有基础、材料的不同，有知识、种族的差异，有感性、理性的区分，甚至有所谓经得起、经不起考验的顾虑。

但是，就爱本身而言，只要那爱的当时，是生死与之，以整个生命投入的，就是“绝对的爱”！

尊重那绝对的爱吧！虽有的可能化为轻烟、灰烬，但那燃烧的一刻，就是火啊！

绝对的爱，一生能得几回？能爱时，就以你全部的生命去爱！能被爱，就享受那完全燃烧的一刻。

这世上，哪个颜色能永不褪色？

唯有画的当时，百分之百的鲜丽！

于是，只要有绝对的爱，又岂在朝朝暮暮？又岂在短短长长？

坐在时光上

让我说几个真实的故事——

梁实秋的幽默

二十多年前，当旅居海外十几年的名作家梁实秋刚回到中国台北的时候，朋友们一个接一个地请他吃饭。

梁实秋是有名的“早起早睡的人”，晚上八点睡觉，天不亮，四点就起来写作。偏偏那些朋友都是夜猫子，每天请他深夜十二点吃消夜。

梁实秋连吃几顿，受不了了，想出个好法子，对大家宣布：“谁请我吃消夜，我就回请他吃早点。”

一班老朋友全怔了，你看看我，我看看你，笑起来，从此再也没人敢请梁实秋吃消夜。

“随时恭候”与“准时候驾”

有位美国朋友，想找中国台湾的印刷厂帮他印一批东西，又听说印刷厂的生意多，有季节性，常会拖工，不按时交件，于是请我介绍几家可靠的。

“我也没把握。”我写了三个厂家的名字给他，说，“你还是自己观察吧！”

不久，他回美国，已经找到合作的伙伴。我好奇地问他：“你才去这么几天，怎么就决定了呢？”

“这简单！”他笑笑，“其中两家都在电话里对我说‘随时恭候’，只有一家，先要我等他查本子，再对我说‘下午三点十五分’，附带加一句‘不知道谈到四点钟，时间够不够？不够可以另外约’。我就决定了那一家。”

不准时下课的老师

我在美国大学教书的第一学期结束，为了解学生们的想法，特别跟学生讨论，请大家对我提出批评。

“教授，你教得很好，也很酷。”有个学生说。他停了一下，又笑笑：“唯一不酷的是，你常在每堂课一开始时等那些迟到的同学，又常在下课时延长时间。”

我一惊，不解地问他：“你不是也曾经迟几分钟进来吗？我是好心地等。至于延长时间，是我卖力，希望多教你们一点，有什么不对呢？”

全体学生居然都叫了起来：“不对！”

然后，有个学生补充说：“谁迟到，是他不尊重别人的时间，你当然不必尊重他。至于下课，我们知道你是好心，要多教一点，可是我们下面还有其他的事，你这样一延，就造成我们迟到。”

尊重别人的时间

以上三个故事，给了我们什么启示？

它告诉我们——

当你要别人尊重你的时间之前，你先得尊重别人的时间，而当你不守时，不仅是你自己的问题，也将连带造成别人的不守时。

只有尊重别人时间，也掌握自己时间的人，才能得到别人的尊重。

旅美近二十年，我也渐渐学会了对时间的尊重。

我知道跟别人约，如果是晚上七点，最好准七点到达。即使抓不准，宁可晚一点点，也不能因为提早半小时到，就擅自敲门进去。

道理很简单，说不定他还在铺桌布、扫地或洗澡，你早到，会使他手足无措，比迟到还失礼。

所以当我开派对的时候，常见门前停满车子，每辆车里都坐着朋友，大家全不下来，直到时间到，才一起下车，按铃进来。

尊重自己的时间

我也学会怎样用尊重对方时间的方法，来要求对方尊重我。

譬如有个裱画店，以“拖”闻名。我去裱画之前，一定先打电话约，说我几点几分到。届时，一分不差地到达，再约好某日几点几分去取件。

事先还拨个电话，重复一遍取件的时间。

他居然对我从来都准时交件。

“进一步”掌握时间

我更学会了以主动的方式，进一步掌握时间。

譬如有一次，我应某大学的邀请晚上七点去演讲。

“你们演讲厅距校门口，走路要多少时间？”我问邀请的学生。

“三四分钟。”学生有点不解地回答。

“那好！我六点五十二分到你们校门口。”我说。

学生露出诧异的表情：“刘老师，我们那边很会塞车哟！尤其是六点多下班的时候，您最好能早点到。”

“你们放心。”我笑笑。

到了那一天，我下午四点多就坐车去学校的附近，找了一家幽雅的西餐厅，喝咖啡、看书，还把办公室的资料带去处理，然后吃完晚餐，一边看着表，一边喝茶。

六点四十八分，我起身结账，五十分走出餐厅，看见对街校门口的学生代表，正抱着花，伸着脖子，好像心急如焚地等待。

看到我，他叫了起来：“老师，你怎么飞来的？那么准！”

他的眼神，又紧张、又疑惑、又兴奋，我永远不会忘。

别把自己锁在门内

有一天，我到朋友家去，很惊讶地发现，他正喂怀里的娃娃吃乳酪。

“我只是给她尝尝味道，让她从小就习惯。”朋友笑道，“免得长大了，怕乳酪味道，还可能因此打不进洋人的社会。”

可不是吗？在美国处处看见中国人拒吃加了“乳酪”的东西，说又酸又臭，令人作呕。偏偏西餐里常加乳酪，连鸡尾酒会，都拿各种乳酪做点心。当我们不碰任何有“乳酪”味道的东西时，造成许多食物都不能吃了。

乳酪与臭豆腐

相对地，洋人常是不吃海参、皮蛋和臭豆腐的。甚至在中国待上几十年的外国人，碰到这三样东西，都敬而远之。

于是，中国人常拿洋人开玩笑——

“您到中国多久了？”

“十三年了。”

“您真算是个中国通了。不过，您爱吃臭豆腐吗？”

“我不敢吃。”

“对不起！您对中国文化是一通也不通了！”

这虽然是个笑话，却有值得我们深思的道理。

为什么中国人非但不怕臭豆腐，而且觉得好吃无比，西方人又视乳酪为珍馐美味，甚至不可一日无此君呢？

当我们拒绝一种食物的时候，是不是也拒绝了一种文化？甚至因此失去了许多情趣？

同样的道理，当有一个人对你说：

“我不能吃烤的，因为会上火。我也不能吃炸的，因为会泻肚子。我更不敢吃生的，因为会恶心。”

于是，你不能请他吃蒙古烤肉、美国炸鸡，更不能请他上日本料理店吃“生鱼片”。

那是幸，还是不幸呢？

走向新一代

我有一位邻居，专门向大工厂推销经营理念，他对我说了一段很耐人寻味的话：

“当我去拜访时，有些工厂老板，无论多忙，都会安排时间，不但细细听，而且提出问题。相反地，有些老板只是一挥手：‘我没空！’”他语重心长地说，“对于后者，我只有同情。因为他不但把我关在门外，也把他接触一个新观念的机会，关在了门外。”

他的话使我想起一老、一少。

“一老”是叶公超先生。我记得就在他过世前不久，还参加了台北“历史博物馆”的艺术家座谈会。

满头银发的叶先生，扶着拐杖站起来，很客气地“请教”一位新潮艺术家的创作理念。他很辛苦地站着，盯着对方，十分专注地听那个比他小半个世纪的年轻人分析。

我突然有种强烈的感动，觉得眼前这位外交耆宿，虽然已经七十五岁，却仍然站在时代的前端。

至于那“一少”，则是位文艺界的朋友。有一天，她很不屑地向我批评一位二十几岁的新作家，说那作品太肤浅，真是一代不如一代。

问题是，当我硬不信邪地看过之后，却发现那文坛新秀的作品好极了。

我开始了解：

当一个人追不上时代，他表现的第一个特征，就是否定新一代。他对新一代关上门，也把自己锁进了旧时代。

打开你的心门

只是令我惊讶的，是居然在新一代当中，也有人患了这种“关门”的毛病。

记得一群美术系的学生，曾对我说：“我们很讨厌阿璧那一套。”

他们说的阿璧，是老一辈的画坛宗师黄君璧先生。也记得一群某名校的学生得意地对我讲：“我们是不听中文歌曲、不看中文影片的。太没水准了！”

他们岂知道，当他们这么做的时候，也是关起了自己的门。不论对下一代还是对上一代，只要关起门，就使自己的眼界更窄、出路更有限。

其实我的儿子，也做过同样的傻事。

几年前，当我放中文歌曲给他听的时候，他很不屑地摇摇手走了。但是，没过多久，他到了中国台湾，接触了台湾的年轻人，也了解了台湾音乐制作的情况。

他突然改了，说中国台湾同时接受欧美和日本的最新资讯，在音乐创作上有惊人的潜力和成就。

他为什么会一百八十度大转弯？

因为他对台湾打开了心门。

用他们的眼睛看

“试着用他们的生活去生活，用他们的眼睛去看他们的世界。”

在研究落后民族文化的时候，我接触到这句人类学的名言，也被它深深地影响。

我发现当我们嘲笑那些原始民族，为什么只会叉鱼，不会网鱼？为什么对死人有那么许多奇怪的禁忌时，常因为我们不了解他们。

每一个民族，都是人类，都经过千万年的岁月，绵延到今天。我们会想，他们也会想。我们有我们的价值观，他们有他们的价值观。

我们应该谅解每一个民族的文化和习俗，都有他们的道理。而当我们有了“文化谅解”，也就有了同情，以同一种情怀、同一个角度，去看这个世界。更可以说：

我们对世界的每一种文化，打开了心门。

新人类的语言

打开心门，真是太重要了。

无论多忙，我每天总要抽时间看报纸、看电视、看杂志，也常常借录影带回家欣赏。

看报纸的时候，我不但看大新闻，也看小小的分类广告。因为在那里，我可以见到许多“社会角落”的动态。

看电视的时候，我常转到服装表演的频道。虽然知道自己不会，也不敢穿那样新潮的衣服，但我要看看现在流行什么，我相信那流行一定有它的道理。我可以不跟，但不能不知。

看杂志的时候，我会注意“新人类”的语言，也常看看新人类餐厅的介绍。我会想，在那小巷里开了这么一个很新潮的咖啡店，会有怎样的“酷”人往那里聚集？又会在他们交会时，发出怎样的闪电？如同三十年前，武昌街的明星咖啡屋，灿烂出多少文艺的火花。

至于我看的电影，常是由美国图书馆借来的。许多是法国、德国或意大利的作品，必须跟着英文字幕欣赏。

许多片子，好冷、好平、好枯燥。

许多次，我才看一下，就想关机。

许多片子，我看完十分之九，都觉得烂。

但是，我相信，它一定有它的道理，于是坚持到底地看了下去。

妙的是：看完那最后的十分之一，我一次又一次地被感动了。我发现自己最想半途关机的，常是留给我最深印象的电影。

我真庆幸自己没有关机。否则，我就关上了自己的机会。我也真庆幸自己，总能欣赏年轻人的作品，表示我还年轻。

而每当我听朋友说“我不看某人的作品，我不吃某种东西，我绝不跟某人交谈”的时候，我都会对他们说：

“别将别人关在门外，也把自己锁在了门内！”

基本礼貌

记得吗？当我们搬来湾边（Bayside）之前，每个夏天的傍晚都要跑好几条街，到一家杂货店去打电玩。那个店门口总聚集着许多十六七岁的小伙子，剃着奇怪的朋克或光头族（skinhead）发型，在一起打打闹闹。我们还看过他们在街角的阴影里吸大麻烟，甚至扭打成一团。

但是，我们居然毫不在意，一次又一次地去那里打电玩。原因很简单——我们发现，他们是“人不犯我，我不犯人”的，甚至可以说，他们居然都有着不错的礼貌。

当我们进去时，如果他们正堵在门口，必然会立刻让开，还说声：“对不起！”（Excuse me！）又总是为我们拉着门。

当我们玩到一个段落时，尽管他们早已将硬币放在机器上排列着，表示在等待，仍然会礼貌地问：“你是否不玩了？我能不能接手？”（Are you finished? May I take it? ）

起初，我有点怀疑，为什么他们有这样好的礼貌，会不会因为我们是东方人？对远来的比较客气？抑或因为我已三十好几，你又才不过十岁，与他们不属同一层次，而礼让三分？

但是，经过长久观察，我发现他们对每个客人都有同样的礼貌。

◎

有一次，我跟美国朋友提到这个情况，终于获得答案。朋友说：“必定因为那些孩子的家庭从小就教导他们应有的礼节，大人们之间也都举止优雅，所以礼貌成为他们自然的回应，不必经过大脑就会产生。即使到叛逆期，也不会改变太多。”

这使我想起有一次逛园游会，有一只狗在人群间打了一个喷嚏，居然好几个美国人不约而同地说：“保佑你！”（Bless you! ）接着才发现打喷嚏的是狗，而笑了起来。那说“保佑你”，不是一种习惯吗？不必问是谁，自然就会回应！

又使我想起刚来美国教课时，一个学生的笔滚到我的脚边，我便将它捡起交给学生。那学生说：“谢谢！”我没有立刻回应，隔了两秒钟才回答：“不客气！”居然全班都笑了起来。这是为什么呢？

因为那“不客气”在西方人是自然的回应，理当立即脱口而出，我却没有养成这种习惯，而在思考之后才回答，那“不客气”就带有“最好少来”的意思了！

尤其可怕的是，当我们的基本礼貌有问题时，立刻会引起别人的敏感，甚至产生误会。譬如去年我刚从台湾回来，赶到学校办公室时，秘书居然问我：“是不是家里发生了什么事？听说你有些不高兴！”

“没有啊！我很好！”我诧异地回答。

经过追问，才知道原来因为当我跨进电梯时，虽然跟里面的同事打了招呼，却没有请靠近按钮的朋友帮我按三楼，而自己伸直了手臂去按。

在台湾，这是很自然的事，大家认为要别人帮忙按是打扰，理当自己动手。岂知在此地，人们觉得在餐桌上帮别人递胡椒粉罐，在电梯里帮人按按钮，或为人拉着门，是一种礼貌。不请对方帮忙，硬是“跨位”到别人前面自己动手，反成为不礼貌了。只怪我一时未能体味出民情的差异，而引起同事误会。

◎

由于你母亲对我感慨地说，发现别人的孩子在父母开车接送时，都会说：“谢谢爸爸！谢谢妈妈！”而你却半声不吭，好像她欠你似的，使我讲以上的故事给你听。

礼貌不但是“诚于中，形于外”的表现，而且要能成为当然的回应。愈是进步的国家，愈讲求礼貌，因为那代表了尊重、体谅与包容。没有这三者，社会不可能和谐，人际不容易和睦，民族将难以团结。

由“己所不欲，勿施于人”，到“己所欲，施于人”！就是礼貌的真正精神！

每人头上一片天

某日，接到一位记者的电话：

“刘先生，我们想采访你，谈谈你在单亲家庭中成长的感想。”

“单亲家庭？”我一怔，再想想，可不是吗？但我为什么从来都没那种感觉呢？

我的父亲在我九岁的时候就去世了，我的母亲跟我有四十二年的差距和代沟，我又没兄弟姐妹。每天放学之后，只好对着院子里的花草和屋子里的猫说话。或许就因为我总是自言自语吧！于是培养了许多想象和自我省思的能力，走上画家、作家的路。

好多作家不都这样吗？他们甚至比我更惨——

罗素三岁，妈妈就死了，五岁又死了爸爸，由祖母带大。托尔斯泰一岁半死了妈妈，八岁死了爸爸，由姑妈带大。川端康成两岁死了父亲，三岁死了母亲，住到祖父母家，四年后祖母死了，只好跟着祖父过，偏偏十五岁时祖父又死了。

川端在他的作品《参加葬礼的名人》里说：

“祖父出殡的时候，夸张一点说，全村五十家人都为可怜我而落泪。”又说，“大人怜悯的温情，我这个孩子当然明白，只是在小孩心中，反而留下冷冷的阴影。”

这下我了解了。我没觉得自己是从单亲家庭里出来，是因为我周遭的人，没有用怜悯的眼光看我。或许他们不知道我的背景，或许他们装作不知道，也或许他们没什么同情心，因为那个时代，大家生活得都很苦。

别用特殊的眼光去看

但是再想想，这何尝不是我的福气？如果别人都用特殊的眼光看我，只怕我也要像川端一样，留下许多阴影了。

记得一位因为失火而毁去容貌的残障朋友对我说：

“对我们最好的方法，就是不要用特别的眼光看我们。眼睛掠过我们可怕的脸上，只当看见个普通人。不要问，也不要叹气！否则只会让我们孤独、感伤。”

另一位残障人也对我讲：

“有时候，我真是恨。想象有一天，全世界的人都像我一样。都一样，就都正常了！谁也不用笑谁，谁也不用同情谁。”

如此说来，现在社会上，许多单亲家庭对孩子造成的心理困扰，会不会是周遭造成的呢？大家都以不同的眼光看那些孩子，甚至听说，有班上掉了东西，先怀疑是单亲家庭孩子拿的，且编织一些道理，说单亲的孩子没人管、单亲的孩子缺乏爱，所以容易变坏。

照这样说，我们的孙中山、美国的国父华盛顿、美国的伟人林肯，大概都是坏孩子了。

孙中山十三岁就跟着母亲去了檀香山；华盛顿的妈妈不但是她丈夫的第二任妻子，而且在华盛顿十一岁时做了寡妇；林肯的母亲则在林肯九岁的时候死去。

还有写《陈情表》的李密，刚出生，父亲就死了。四岁时，母亲改嫁，把他扔给了祖母。

再想想美国总统克林顿，还没出生，爸爸就死了。跟着妈妈改嫁之后，有一次继父发酒疯，差点一枪把他们母子打死。

这些人都有着所谓“特殊”的家庭，却非但没变成坏孩子，还“增益其所不能”地成为伟大的领导者。这是因为大家没有用特殊的眼光看他们，还是即使有人这样看，给他们留下阴影，他们也能化悲愤为力量，创造更杰出的成就？

每人头上一片天

本来嘛！无论死了父亲、死了母亲，还是父亲再娶、母亲改嫁，都是上一代的事，与孩子有什么关系？每个人都是独立的个体，每个人都是平等的“人”，每个人都对自己负责，何必把上一代的事，硬往自己头上戴？

记得我儿子上高中的时候，有一天请朋友到家里玩。他的好朋友马可没来，我问为什么，他说：“因为马可的妈妈跟她的男朋友去佛罗里达度假，马可要留在家里照顾他智障的弟弟。”

还有一天，他说他女同学久安娜的男朋友晚上常跑到久安娜家里。我说她父母不管吗？儿子回答：

“久安娜的爸爸很多年前就出走了，她妈妈为了多赚点钱养家，只好每天做‘大夜班’的护士，所以晚上总不在家。”

当这些孩子提到他们的单亲家庭，一点没有特殊的感觉。当他们跟千万富豪的孩子一起玩的时候，也没有一点自卑。他们何必自卑？每人头上一片天，父母是父母，最重要的是“年轻一代”得面对自己的未来。

他们功课都棒极了，且以全额奖学金进入最好的大学。可是，为什么我总接到年轻朋友的来信，恨自己的父母离婚、怨自己是单亲家庭的孩子？是因为他们不能独立，还是因为被双亲家庭的孩子歧视，造成心灵的伤害？

不同不一定不好

家庭美满的人，岂能去歧视别人？他们应该感恩哪！何况，有多少孩子虽然父母都在，却难得见面。

有个学生对我说，他已经半年没吃过妈妈做的饭了。又有个朋友的孩子对我儿子说，他某个星期跟父亲只说过一句话。就是当他在厕所，没开灯。而父亲走进去，吓一跳时，说：“哦！原来你在里面。”

这句话又能算是父子交谈吗？

所以，双亲家庭的父母如果不多跟子女接触，还可能远不如用心带孩子的单亲家庭。从任何角度看，都不应该有所谓谁歧视谁。正如美国内布拉斯加林肯大学社会学家阿玛陀所说：

“目前盛行一种说法，由于再婚、单亲和同居家庭数目的增加，削弱了传统家庭，并造成种种社会问题。这个观点非常幼稚，因为我们的研究结果显示，各种家庭结构都可行。它们确实不同，但不同不一定不好。”（《华盛顿邮报》特稿）

美国联邦政府从1977年开始，做全国儿童的调查，连续追踪两千三百个七岁的儿童，一直追到这些孩子结束叛逆的青春期为止。结果也显示，如果把同样教育和经济背景的单亲家庭和双亲家庭做比较，子女几乎是没有差异的。

每当有单亲家庭的孩子诉苦，我都读这份报告给他们听，并对他们说：

“不要怨自己单亲。父母的事，子女很难置喙。最重要的是站稳你自己，面对你自己的未来。”我也对一般学生说：“用平常心对待你们单亲的同学，就是一种最好的关怀。”

我更要对双亲家庭的朋友说：

“别忘了你的孩子，让你的孩子好像生活在无亲家庭！”

悲悯的情怀

昨天，你因为长针眼（睑腺炎）开刀，而没去上学。

今天早上，听说你在头上绑了一块红头巾，打算扮成海盗的样子。我清楚地听见你与母亲争执：“既然左眼被医生蒙了这么难看的一块东西，好像独眼龙的样子，何不干脆扮成海盗？否则坐在地铁上，走在学校里，会多奇怪！”

那么，我要问你，当你绑上大红头巾，岂不是更怪吗？人家要以什么眼光看你？你是参加化装舞会，眼睛真正受伤，还是故意打扮成这个样子的小太保？昨天，你缺考的那门课的老师，又会怎么想？

我知道你不好意思出门，因为那个医生给你蒙上肉色纱布，又粘贴上层层的黄色胶带，确实看来奇怪，但是难道你能为这么一个几乎完全无碍于你行动和学习的针眼，就几天不出门吗？

◎

我当然能了解你的感觉，因为我在初中时，曾在早会里直挺挺地晕倒。由于站在第一排，前面没人挡住，所以当我醒来时，发现自己上下排的门牙全摇动了，嘴唇肿得几乎遮住鼻孔，鼻子和额头也皮开肉绽。

我至今仍清晰地记得，自己转两班公交车回家时，人们奇异的目光和你祖母惊讶、心疼的表情。

但是，我能因此不上学吗？

过去总被人赞赏为美少年的我，瑟缩在公交车的一角，我尽量把脸转向窗外，转得脖子都酸了。我试着不去看人，因为对上的总是惊异的目光。

◎

受伤之后没有几天，一个不认识的同学主动与我接近，问我出了什么事。他跟我搭同一班车，上车时，我才发现他居然有一条腿出奇地细，鞋子也特别。当时是夏天，大家穿短裤，每次坐着，他总是把书包尽量向前推，挡住那看来像根枯骨的膝头。

于是，我们成了相怜的朋友。

但是，我脸上的血痂一块块脱落了！嘴唇消了肿，牙齿也奇迹般地康复。每天，当我们下课时相遇，他都先盯着我看，接着把眼神闪开，仿佛没见到。我的脸渐渐又扬了起来，他膝头上的书包，却推得更靠前面了！

我们的距离日远，渐渐发现他居然有些避着我。

◎

我开始了解残障人士内心的痛苦。他们有他们的世界，一个彼此同情的世界，一个难为外人体会的世界。而今想起来，我甚至庆幸自己曾有那样的遭遇，使我知道在这世界上有那么一大群我们应该去了解、去帮助的人。

我也反省到，一个在公共场合不易见到残障人士的社会，绝不表示残障人的比例低，反而显示了人们道德的层次低。因为大家以特异的眼光看残障者，甚至指指点点，加上缺少为身心障碍者考虑的设计，使他们躲在阴影中。所以，残障人士的隐藏，是社会之耻、国家之耻。

◎

说到这儿，你想想自己的伤，是否远不如我少年时？而且没几天就能把眼上的纱布拿掉。跟那些真正残障的人相比，岂非幸运？你不过几天，就难以忍受，而他们是几月、几年，甚至一辈子啊！

我们常在失去时，才知道“有”的美好。希望在你失而复得时，一方面感觉“得”的可贵，一方面纪念“失”的痛苦，更因此了解失者的心境，产生悲天悯人的情怀。

不再孤独的孤独

去年11月初，我打电话给住校的儿子，问他能不能回家过“感恩节”。

“我有一大堆报告，要趁这个假期赶，没办法回去了。”儿子说。

但是当一个星期假期只剩三天时，又接到儿子的电话，说他的报告已经写完，可以回家了。

“回来才两天，又得赶回去。”我说，“你就留在学校，等圣诞节再回来吧！”

孤独使人成熟

假期结束，再次接到儿子的电话。说他这三天好可怜，宿舍里的人全跑光了，只剩他一个，房间变得好大、好冷清。可是他却用这段时间，又做了不少事，也想通了许多东西。甚至对毕业之后，都有了新的计划。

他的语气好特殊，带着一种特别的激动。过去跟我讲电话的那种不耐烦完全消失了。取而代之的，是一种久别重逢的亲切。

放下电话，我想，是因为我没让他回来，使他吃惊，怕父母对他的爱减少了，还是因为好久不见，使他的思念与日俱增？又或是由于他这几天一个人，更孤独，更想家，也变得更成熟了？

孤独使人面对天地

想起王维的《九月九日忆山东兄弟》——

独在异乡为异客，
每逢佳节倍思亲。
遥知兄弟登高处，
遍插茱萸少一人。

这首在中国连小孩都会背的诗，竟是王维十七岁时的作品。

王维是不是也当朋友都回家过节，而在异乡孤独的时刻，产生这样的情思？如此说来，孤独不是灵感最好的催生剂吗？

也想起阮籍的诗：

夜中不能寐，起坐弹鸣琴。

薄帷鉴明月，清风吹我襟。

孤鸿号外野，翔鸟鸣北林。

徘徊将何见？忧思独伤心。

十七八岁时，我常失眠，翻来覆去睡不着。愈睡不着，愈急；愈急，愈睡不着。但是自从我读到这首诗，就豁达了。

睡不着有什么关系？睡不着就让自己醒着嘛！像阮籍一样弹弹琴、听听鸟叫、想想心事，写一首传诵千古的诗。多好！

我在文学上，进步最大的，就是那时候。我发现孤独的时刻真是太好了！孤独使我们不再面对别人，而是面对自己，孤独使我们面对天与地。

孤独使人面对心灵

那时候，我也喜欢一个人去爬山。即使是跟大家一起爬，我也喜欢跑到最前面，或留在最后面，把前后的距离拉大，好像一个人登山似的。

一个人登山，不必看别人的脚跟；不必因为后面有一群人，明明想停下来看看，也不得不走。

一个人登山，不必聊天、不用管别人，于是面对的不是人，而是真正的山。

我发现对山水最大的感触，都是在独自的情况下得到的。我也了解，为什么在中国传统的山水画里，常只画一个人，高高坐在山头上，看山。

那时候，我也很爱看台北“故宫博物院”的一幅《寒江独钓图》。

大雪中，一个蓑笠翁，独自瑟缩在一叶扁舟上，垂钓。

站在那张画前，我常想，那老翁是因为急着要吃鱼，才冒着大雪的寒冷，出来垂钓，抑或他只是喜欢这样的情趣？他钓的不是鱼，是雪，又不是雪，是他自己的心灵。

想想，换用现在年轻人的字眼，那位老先生是多么“酷”啊！但也令我非常不解的是，为何有那么多年轻朋友，在给我写信时，抱怨自己的孤独。

他们难道不知，朋友固然是孤独最佳的止痛药，孤独却是心灵成熟最好的催化剂？

孤独使人面对生命

记得一位“文革”时被下放到“北大荒”的作家，曾对我笑着说：

“不要认为那是我空白的七年。告诉你！我过得很充实，也想得很多。以前没时间想的，那时候都想了。身在北大荒，你不面对自己，还面对谁？你面对的是存在、面对的是生命！有什么比一个人面对生命，更能产生强烈的震撼？”

最近，我在电视上看到对世界三大男高音之一的何塞·卡雷拉斯（José Carreras）的特别报道。

令人难以相信的是，去年在世界足球大赛中高歌，吸引全世界几亿观众的卡雷拉斯，居然在几年前，曾得过致命的血癌。

医生说他只有十分之一活命的机会。他不能再演出、不能再见客，每天被关在隔离的病房里，因为即使最普通的传染病，也可能让他死亡。

十四个月之后，卡雷拉斯奇迹般地复元了。他重新回到舞台，唱出更优美而深入的歌声。很巧，他跟那位“北大荒”的作家，说出同样的话：“孤独，使我们能面对自己、面对过去、面对未来，也面对生命。”

孤独也不孤独

我常想，生命的孤独是很妙的。

出生前，我们一个人（除非是多胞胎）住在妈妈的子宫里，一个由肉眼几乎看不到的受精卵，长大到成熟的胎儿。我们一个人在羊水里浮沉，自己吮吸着自己的手指，没有人跟我们交谈。但我们也是不孤独的，因为我们就生活在妈妈的子宫里面，被母亲带着走来走去。

当我们死后，我们被埋葬在坟墓里，一个人睡在骨灰匣子或冷冷的棺木里，也没有人能跟我们交谈。

但我们也是不孤独的，因为我们就住在人群四周，我们就睡在地球上面，跟着大家一起转，跟着四季一起变幻。

如此说来，孤独有什么可悲呢？

我们由孤独来，往孤独去。又总是被这世界、人群环抱着，稍稍往远处想一想，就不再孤独。

爱，就不要多问

太太的眼睛动个小手术，由我和儿子陪伴。

等待手术的房间里还有个十二三岁的女孩，大概害怕，女孩子不断搓手，喊着妈咪。

旁边一个中年妇人，坐在椅子的把手上，女孩一喊，就弯腰搂搂。另一个光头的男人，也隔一下就过去亲亲女孩的额头。

“一对宠孩子的父母。”儿子用中文对我说。话才完，又走进一对夫妻，先跟女孩的父母握手，再蹲下来哄那女孩。令人不解的是，女孩居然叫后来的男人“爹地”。

儿子好奇，竖着耳朵听，盯着他们看。隔了一下，笑笑，用中文说：

“原来是一对离婚的夫妻。先来的一对是女孩的妈妈和改嫁的丈夫，后来的一对是女孩的爸爸和再娶的太太。”

“他们看起来跟朋友似的嘛！”我说，“还握手、贴脸呢！”

儿子把身子向后一倾，看着我，瞪大了眼睛：

“这有什么稀奇？他们嫁的嫁、娶的娶，过去的都过去了，谁会去问这些？”

◎

二十多年前，有位同事，交了个漂亮的女朋友。

但是，他才带女朋友在公司出现过两次，就听到风言风语，说那漂亮女人是“鸡”。

同事终于听说了，而且查出是谁放的话。他冲到那人面前，厉声问：“你凭什么这么说？”

那人先不答，隔了一下，淡淡地说了四个字：

“我睡过她。”

同事怔住了，接着一拳过去，转身就走，回到自己桌子收拾东西，当天就辞职了。

他去了另一个公司，而且不久就结了婚，法院公证，没请几个人，娶的还是那个女朋友。

事隔多年，有一天，几位老友在他家聚会，有人不知怎的说漏了嘴，讲到他以前“给过某浑蛋一拳”。

“什么？他还会打人？”那同事的太太吓了一跳，问丈夫，“你打了谁，原来你是因为打人才离开那家公司的啊！”

同事居然很冷静，双手一挥：

“不谈过去！”

◎

想起另一位老朋友，以风流闻名。

有一天大家聚餐，他抢着付账，掏西装口袋，掉下一张跟女人亲昵的照片。

“天哪！”大家都叫起来，“你可得小心呀！别忘了，带回家，被你老婆抓到。”

他的脸一红，又一白，慢慢把照片放回口袋，又脱下西装看了看，喃喃地说：

“大概已经被看到了。”

“为什么？”

“因为我太太昨天帮我换成这套西装，原来那件拿去洗了。口袋里的东西是她换过来的，照片本来放在旧西装口袋里。”

大家都吓了一跳：“她没修理你？”

看他摇摇头，大家又松了口气：“八成赶时间。她没看到，算你走狗屎运。”

他却摇摇头，笑道：“八成看到了，装没看到。”

◎

读法国作家安德烈·莫洛亚（André Maurois）的短篇小说《凯蒂》。

一位深爱妻子、为她一天工作十四小时、一次买三十件衣服的丈夫，陪着美貌的太太游完巴黎，回美国。

在邮轮上，他们遇见那妻子的老情人。三个人一起赌博、聊天、喝酒。水性杨花的“女人”知道丈夫不懂法文，居然用法文跟老情人调情。

“多笨的丈夫！”我把故事说给朋友听。

朋友一笑：“她丈夫说不定听得懂，装不懂。”

“何必呢？”我说。

“看不惯，就分手。既然不想分手，就别问，装不知道算了。”

◎

在重庆机场等着飞香港。

候机室里一群老人家，想必都是由台湾来探亲的。

同样是七八十岁的老人，有些穿着时髦的衣服，硬生生地挺着腰板儿，踱着步子。有些则穿着破旧的衣服，弓着腰，缩在椅子里。

一个老人直咳嗽。看他咳不止，距离他三个座位之外的一个年轻女人过去拍了拍他的背，又塞了张纸在他手里。

“老人家大概太累了。”我对那女人笑笑，“你真好心。”

“应该的。”她答，听得出是四川口音。

“你跟老人家认识吗？”我问。

“认识！”

“你是他的……”我的话停住了，不知该说“女儿”还是“孙女”。她把话打断，用一种不耐烦的语气说：“算是……照你们台湾人的话，算是老婆吧！”我一怔。正好老人要喝水，叫她去倒。

看她走远了，老人对我挤了一个苦笑：

“我要人照顾，她想去台湾，就凑上了。”又回头看看，小声说，“对我不怎么样。但过一天是一天，眼前总得有个人端茶倒水。”

◎

美国名歌手比利·乔果然和他的模特儿太太克莉丝汀离婚了。

当年他们结婚，大家就不看好，认为比利·乔不可能跟这美女好一辈子。妙的是，才离婚，比利·乔又和另一个名模特儿艾拉坠入情网。

于是“两个人不配，不会久”的预言，又传开了。

比利·乔倒是不以为意，笑道：

“她太年轻，我太老；她太高，我太矮；她太美，我太丑。不过，和她谈恋爱的时候，太棒了，何必想得太远呢？”

◎

夫妻的结合，起先需要爱情，其次需要理智，再接下来，则需要一种对人生的智慧。

看来愈不配的夫妻，他们相处的境界一定愈高，如同怎么看都不配的花样，只有在高妙的艺术家手上，才能和谐地成为一体。

爱，何必问许多？

问得太多，只怕就不爱了。

成熟的人不问过去，聪明的人不问现在，豁达的人不问未来。

一生能有多少爱

自从二十多年前，我开始到各学校演讲，就常被问到同一个问题："你对中学生谈恋爱的看法如何？"

每次这问题被提出来，必定引起全场的掌声，也必然会让台下的老师瞪大眼睛。

我知道那些老师希望我斩钉截铁地说："不赞成！"

我也知道那些学生都希望我十分开明地答："当然可以！"

在这两难之间，我总是很巧妙地说：

"爱是一种责任，你要付出爱，你就要负责。问题是，你现在有能力负责了吗？你有收入吗？你能独立吗？你会不会连早上起床，都还要父母催？如果你对自己都不能负责，你怎么去谈恋爱？如果你的男朋友、女朋友对他（她）答应爸爸、妈妈的事，都不能负责到底，你又怎么能把心交给他（她）？”

简简单单几句，既有道理，又像打太极拳，虚中有实、实中有虚，我是谁也没得罪。

◎

去年秋天，我去昆明，在一所大学演讲。

演讲完，又有学生提问，跟台湾的学生一样，那学生也问：“您对大学生谈恋爱的看法如何？”

我怔了一下，发觉不能再用以前的答案，因为经历了这些年月，我的观念改了。

我笑笑，反问他：“你觉得大学文学跟一般文学有分别吗？你觉得大学作曲家和一般作曲家不一样吗？广义地说，文学就是文学，音乐就是音乐。同样的道理，为什么把恋爱分成中学生的、大学生的？恋爱就是恋爱，不是‘大学生谈恋爱’，是‘人在谈恋爱’呀！”

我得到了全场四千多人的掌声。

◎

可不是吗！从小到大，我们把自己装在一个个小框子里，说自己属于哪一班、哪一组、哪一所学校、哪一种人，已经够刻板的了，难道连谈恋爱这件事，也要画在小框框里，说只有到了“某一天”，才能恋爱吗？

如果恋爱这么容易规范，也就不叫恋爱了。从古至今，也就不会有那么多可歌可泣的恋爱故事了。

◎

当然，有人还是会比较认同我较早的看法，认为中学生的爱不够成熟，谈恋爱非常危险。

这个观点，我能赞同一部分，如我前面所说，小小年纪确实“难以对爱负责”。

只是我也要问：“到底什么年岁，爱才算成熟呢？”

如果二十岁以下的爱是不成熟的，那么——

二十八岁的女孩，说：“我要找有房、有学位、有绿卡的三P老公。”是不是成熟？

三十五岁男人说：“我要找个有钱的太太，可以少奋斗二十年。”是不是成熟？

五十岁的男人说：“我一定要找个小我二十岁的少妻，免得没两年她就到了更年期。”是不是成熟？

即使这些都是成熟，也不过是比较考量现实、比较世俗而已。他们确实更能考虑门第、财力，他们也确实可能比较符合父母的期望，只是我们能说“那才是值得肯定的爱”吗？

◎

谈到父母的期望，使我想起一位老朋友说的话。

“如果要我现在选丈夫，我绝不会选我现在的老公。年轻时太笨，选了他，受了半辈子的苦。”她说，“所以我规定女儿：二十岁之前不准交男朋友，眼睛要睁大一点，二十五岁以后再结婚。”

“你和你丈夫什么时候恋爱的？”我问。

“高中。”

“如果你现在回到高中，你还爱不爱他？”

她歪着头，想了想，笑了笑：“还会爱他，因为他那时候真是很可爱。”

在恋爱的路上，父母好像扮演着同样的角色——我是这样走来的，但你们（子女）不准再这样走去。

我在“联副”上，曾经发表过一篇文章，叫《心扉》——

假使心有扉，这心扉必是随着年龄而更换的。

十几岁的心扉是玻璃的，脆弱而且透明。虽然关着，但是里面的人不断向外张望，外面的人也能窥视门内。

二十几岁的心扉是木头的，材料讲究，而且装饰漂亮，虽然里外隔绝，但只要爱情的火焰，就能将之烧穿。

三十几岁的心扉是防火的铁门，净硬而结实，虽然热情的火不易烧开，柔情的水却能渗透。

四十几岁的心扉是保险金库的钢门，重逾千斤且密不透风，既耐得住火烧，也不怕水浸。只有那知道密码，备有钥匙的人，或了不得的神偷，才能打得开。

◎

这篇文章发表近二十年了，现在还总被提起，想必引起许多人的共鸣。

当你对这《心扉》有共鸣的时候，你能否定其中的任何“一扉”，认为那是不成熟的吗？你又能说只有“保险金库的门”，才是真正的心扉吗？

只怕你要说真正令我们感动的，反而是玻璃门和木头门。它们最脆弱，最不安全，却也最令我们“心颤”。

经历了半个世纪的年月，经历了许多情感的波澜，也看过了许多人世的沧桑，我发觉这世上最可歌颂、最刻骨铭心的还是爱。

且不论那爱发生得早或晚，只要是生死与之，在当时能慷慨面对的，即使后来失败了、后悔了，甚至回想起来，全然是无知与荒唐。

那爱，依然是爱，如同“玻璃的心扉”，即使被打碎了，仍然曾经是个玻璃的心扉。

爱，没什么好悔，它只是那样发生、那样进展、那样消逝，或——那样老去。

今日不可能预测明日的爱，明天也不必否定今天的爱。爱像是脚印，我们踩着、印着，走到今天。

回头即使脚印印在冰雪之中，或早已湮灭，不复可寻，仍然知道，那是我们走过来的爱。

每个年龄有每个年龄的爱。爱没有尊卑、没有贵贱、没有成熟与不成熟。

人的一生能有多长，人的一生就能有多少爱。

聆听的学问

在人们聊天的时候，经常会出现这么一个现象——

其中一人正兴高采烈地述说，却发现大家突然交头接耳，岔到别的话题，原来的听众似乎一下子全转向了。

正当他尴尬得不知如何是好的时候，如果你能做他唯一的忠实听众，甚至大声地追问：“继续说啊！下面的事情怎么发展？”他一定仿佛溺水时突然抓到援手般，眉头一扬，又恢复了精神，续完他的故事。

◎

每个人都可能碰到过这样的场面，都可能是那个故事说到一半，不知如何是好的人，也或许是那及时为人脱困的朋友，更可能是另起炉灶，岔开他人话题，换成自己发挥的人。

但是我相信，最令你感念的，应该是那追问你“继续说啊！下面的事情怎么发展？”的朋友。最让你咬牙切齿的，则是泼你半盆冷水，大家突然转变话题的场面。

◎

说话时，使听众注意力集中，是一门学问。

听话时，集中注意力于说话者，更是一门学问。

因为前者是才能，后者是德行。

这种德行，可能包含尊重、体谅与忍耐，并不是人人都能做到的。

当我们听演讲或音乐会时，知道要准时入场，中途不能讲话，也不该离座，因为这是对台上人的尊重。

如果这台上人的演出很差，你却能维持风度地听下去，不是一种忍耐吗？

问题是，忍耐对你来讲只是一时的，如果你半途离场，对台上人的伤害，却可能是永远的。

有位舞台剧的演员对我说，他一辈子也不会忘记有一回在戏中独白到舞台边，突然听见下面传来嗑瓜子的声音。虽然只有一声，他却气得差点儿从台上跳下去，掐住那个人的喉咙。

他为什么那样气？

因为他觉得自己没有被尊重，那嗑瓜子的一声响，伤了他的自尊心，而这种伤害常是永远的。

◎

至于我说聆听人讲话，也是一种体谅，就更值得你深思了。因为“事不关己，不关心”，你会发现许多在述说者心中最了不得的事，在外人耳中，却是极无聊的。

譬如遭遇情感问题的人，谈她少收到几封信，白打了几通电话；得意的父母，说他的孩子又考了多少第一，得了几个甲上；沉迷于宠物的人谈他的猫狗如何通灵、懂事。如果你没有体谅，不知道情人心、父母心，乃至宠物心，再加上缺乏忍耐与尊重，是极可能无法长久听下去的。

◎

我有一位朋友，曾在长途车上，用几个钟头说他研究制作纸花的心得，仿佛他已经是世界上最伟大的纸花艺术家了，并计划如何打开全球市场。

隔了几个月，他又改变话题，说他得到一种祖传秘方，将可以大量生产，且会得到诺贝尔奖。事后，同行的人怪我，为什么一直听下去，而且有唱有和的。明明知道他在做梦，为什么不拆穿，又何苦做他的唯一听众？

我说，因为这是他再三遭遇挫折后，唯一做梦的机会。有些人的梦可以早早打断，有些人做梦的权利，却不是我们应该去剥夺的。

这种听话的忍耐力，是因为我了解他的苦，也可以说是一种体谅。

从以上这些例子，你应该知道，聆听人讲话，是一门多大的学问！你要学着去尊重、去容忍、去谅解，必能因此获得对方衷心的感念。

在生命中追寻的爱

我们的一生，就是爱的一生。我们用整个生命追寻爱。

小时候爱父母、爱兄弟；长大之后，爱朋友、爱世界；成家之后，爱伴侣、爱子女；年老之后，爱儿孙、爱生命。

无论儿童时的直接、少年时的冲动、青年时的热烈、中年时的犹疑，或老年时的温存，我们对爱的诠释可能不同，表现方法也不一样，但无可置疑的是——

那都是真真实实的爱！

每一个生物，都因为有爱的冲力，而去寻偶；有爱的感动，而能结合；因做爱受孕，而能生产；且在父母爱的保护之下，能让下一代成长。

没了爱，这世界上的生物就会消失；没了爱，活在这世界上也没了意义。所以，我常说：

上天在创造世界之前，先创造了爱。

上天就是爱！

第二章

幸福总在当下

如果我没了你，我会死！

如果家没了我，家会垮！

如果你没了我，你要好好活下去！

这就是爱的三种境界。

不要累死你的爱

从中国台北回纽约。

在出境大厅里看见一对情侣抱着痛哭，男孩子都排到验关了，却又跑回头，冲了去，搂着女朋友哭。

好不容易，出了关，还看见他隔着玻璃对着女孩子喊：“求求你！别哭了！你再哭，我就不走了。”

接着是手提行李检查，见他一个劲儿地擦眼泪，差点把照相机忘在检查站。

上飞机，居然那么巧，他就坐在我旁边。

他不哭了，可是眼睛还有点红，张着红红的双眼，跟空中小姐要了杯饮料，又要了一包坚果，不断往嘴里送，还一个劲地朝机窗外张望。大概想再看爱人一眼。

飞机起飞了，是进餐时间，他居然要了两次香槟，把东西吃得一干二净。

“你的胃口真好。”空中小姐幽了他一默。

“是啊！”男孩子居然笑嘻嘻地答，“还有没有？我还能吃。”

我也对他一笑：“刚才在机场，看见你，挺激动，依依不舍，是未婚妻？”

“噢！”他脸红了一下，“是女朋友，不好意思，被你看见了。”

“好点了吗？”我关心地问。

他居然哈哈一笑：“好太多了！”隔了几秒钟，又耸耸肩，“哎呀！爱得累死了，走的时候是伤心、是舍不下，但是真走了，倒好像放下个大包袱，从没这么轻松过。”

◎

“我最恨人请客，尤其恨那种不但请我，还派车准时来接我的人。”一个商界的大老板对我说。

“天哪！你真没良心。”

“是啊！我也知道，我是不知好歹、没良心！可是没办法。”他摊摊手，“那些人以为他们是对我好，哪儿知道，反而增加我的心理负担。”

“为什么？”我问他。

“因为平常我就算自己告诉自己可以准五点半下班，可是看看这个，摸摸那个，一拖就是六点半。如果事情还没弄完，就再往下拖，反正老婆孩子可以先吃。但是，”他眼睛一瞪，“朋友约就不成啦！尤其车子在外面等，就算他说不急，我可心里急啊！结果死命赶，一堆事没弄完，整个晚上心都不安。所以，我常一边赶，一边骂那些热情的朋友：‘有一天，我出了错，垮了，全是你们害的！’”

◎

老同学，夫妻又吵架了，原因居然是“分枣”，多稀奇啊！好像“孔融让梨”的故事。

“有人送我们一包北京带来的新鲜枣子，又大又甜。”做丈夫的说，“我们先让孩子吃，规定一人吃两个，剩下两个给爸爸妈妈。”

“是啊！”做太太的抢过话，“就那么几个枣儿，孩子最没良心，把大的、红的都挑了，剩下两个最丑、最小的给我们。”

“对！是最小、最丑，结果我挑了其中最差的一个，不错吧！”丈夫指指老婆，“结果，她居然还不高兴，说话没良心。”

“什么没良心？”他太太一瞪眼，“你拿小的就拿了吧！我又不是瞎子，何必拿了之后还说呢？好像对我邀功，表示多大恩典似的。你怎不想想，我偷偷把多少好东西让给你，我怎么不说啊？”

那丈夫立刻跳起来，指着老婆：“你不是说了吗？你现在不是又说了吗？你当时不就这么回我吗？”

◎

“压力好大，移民少年六度寻短。”

报上好大的标题。

内容是中国台中市一个十七岁少年，全家移民美国，父母工作辛苦，动不动就对儿子说：“我们都是为了你。”有时候父母忙累了，为晚上吃什么吵架，他息事宁人，就提议干脆吃麦当劳。可是吃完麦当劳，父母又要说：

“都是为了你，我们才吃麦当劳，你还有什么不满意？”

这孩子实在受不了了。六度想自杀，有一次已经走到铁轨旁边，才被母亲拦下，并且趁暑假，把他送回台湾就医。

看这新闻，我心想，怎么看医生？医生又能怎么说呢？真正有问题的不是这孩子，是孩子的父母啊！

多年前，在台北成立了“青少年免费咨商中心”，好多像这样有问题、要自杀的孩子，都由父母陪着来跟我“聊聊”。

我带着孩子在里面谈，做父母的在外面等。

谈完，走出去，孩子原本已经轻松的眼神，碰上那焦躁的父母，立刻又变得不安。

“我们这么疼他、听他的！”“他真是没良心！”“他也不想想父母为他花了多少钱……”“我们太爱他了，把心都挖给他了……”

几乎每个孩子的父母，都在那“沉得像铅块”的眼神下，说出这些句子。

他们岂知道，如果他的孩子就要溺水，他们的这些话，也正像铅块，只可能让孩子沉得更快。

◎

这世上最重的是什么？

不是金，也不是铅，是爱！

爱是只能付出，不能问的。最伟大的爱，甚至在付出的时候，都应当避免让对方感觉，免得增加对方的负担。

爱一个人，多像为他准备一个旅行的背包啊！要考虑他的需要，为他准备足够的东西；又得小心背包太重，重得他背不起来；就算背得起来，也走不远。

为了走远，他甚至得一路扔，扔掉你的爱。

想起飞机上那个男孩子的话：

“爱得累死了……真走了，倒好像放下个大包袱……”

于是，我想到一句意味深长的话：

“不要累死你的爱！”

幸福总在当下

遭遇“9·11”恐怖攻击之后，美国人的生活整个改变了。

也许应该说，生活没改变多少，改变的是心情，最起码在纽约可以见到这种心情。

那心情是无形的，深深藏在人们的心底。以前在曼哈顿的街头，见到的总是无忧无虑的纽约客。但是现在不同了，表面看，他们依然坐在路边喝咖啡，躺在公园里日光浴，但是稍微一些震动，即使是车子爆胎或紧急刹车，都可能引起惊悸的目光。

人们可能不说，但是在许多人的心底，都猜，会不会这里的人群里正有自杀炸弹？会不会这里的地铁随时可能冒出沙林毒气？会不会天上飞过的那架飞机，正要撞向自己的家？

安逸的美国人，失去了过去拥有的安全感。

只是想想，这世界上何曾有过没恐惧的日子？病痛是恐惧、战争是恐惧、父母可能遽逝是恐惧、房子可能失火是恐惧，连幸福多了些，都唯恐失去。

只要我们不能预知明天，不能预知下一刻，就可能恐惧。谁知道下一秒钟会不会发生八级地震，震碎一切。

于是知道：只有把握现在，看得到、摸得着的最安心。只有把握自己，小心开车、小心过马路、小心保养身体、小心做个好人，有一天发生了不幸，才能没有悔恨，没有亏欠。

幸福总在当下——

窗外有蓝天，多美的日子！窗外有阴天，多美的日子！窗外有雨天，多美的日子！

能看到家、看到孩子、看到妻子、看到亲人、看到朋友，那是多美的日子！

我为你而生

当医生宣布检验结果的时候，莫里斯夫妇先是张着嘴呆立在那儿，久久不能说话，接着妻子一声哀号，扑倒在丈夫怀里。

近四十岁结婚，经过一天一夜的难产挣扎，最后还是开刀才生下的独子，居然四岁不到，就患了少有的怪病。

“只有骨髓移植，才救得了这个孩子。”医生说，“而且，必须是兄弟姐妹的骨髓，里面同时有你们夫妻的遗传才行。也可以说：你们做父母的，不适合移植！”

“如果不移植，还能拖多久？”莫里斯太太突然抬起泪脸，盯着医生问。

“顶多一年！”

莫里斯太太低下头，隔了十几秒钟，喃喃地说：“好！给我们一年！”说完就拉着丈夫冲出门去。

已经四十三岁，原来说决不再生孩子的莫里斯太太居然又怀孕了，消息马上传遍小城。

“反正前一个孩子活不了，不如趁早再生一个！”每次有人问，莫里斯太太都冷冷地回答。问话的人听到之后，反倒不知怎么说好了。是恭喜呢，还是表示惋叹？

孩子出生了，又得个男孩。虽然是高龄产妇剖腹生产，倒长得十分健康。

莫里斯太太出院时，把孩子留在了医院。每天赶去探视，先看那将死的大儿子，再看新生的幼子。

大儿子的主治医师，也常陪着莫里斯太太跑到育婴室去做各种检查。

两个多月之后，莫里斯太太在医院为孩子举行了庆生会，庆祝新生儿的降临，也庆祝大儿子的重生。

“将来，他们兄弟的感情一定特别好！”莫里斯夫妇对来采访的记者说，“因为没有老二，老大就活不了。没有老大生病，老二也不可能来到人间。这是多完美的安排呀！”

当你们不得不分的时候

有个老学生，结婚没多久，就跟他太太吵架。一吵架，两口子就找我评理。妙的是，八年下来，我已经不记得为他们调解了多少次，每次只要我把两个人分别拉到一边，劝几句，两个人就好了。有一天，那男生甚至说："老师！您知道吗？我跟我太太能维持到今天，全靠您。"只是最近，这句捧我的话，突然变了调：

"老师！要不是为了您，我早跟她离婚了。"

我当时一怔，问他：

"你离不离婚，干我什么事呢？"

"当然与您有关，每次我想到您过去为我们花了多少时间、费了多少唇舌，就把气吞下来了。"学生说。

我笑笑，问他："那么有一天，你如果气坏了，气得脑溢血，也是我这老师的错喽！”

◎

最近，你们两口子闹得更僵了，我劝了几次，无效，特别给男生写了封信，觉得还有几分道理，也说出一些怨偶的问题，把它刊出来，供大家参考——

亲爱的××：

今天我很伤感，因为发觉你们可能非分开不可了。

但是，我这个伤感，又能变得很平静，因为“哀莫大于心死”，我知道劝了八年，到今天，我是真正的“无能为力”了。

其实在你们两口子的身上，我更看到了这种心死，是你们的心死，使我知道“时间到了”！

回顾过去的八年，你常来我这儿说她的不是，她也跟我数落你的不对。每次你们来，都有着激动，都讲自己的“有理”和对方的“无理”。

我每次也都静静听，然后为你们分析，两个人的“有理”和“无理”。你们似乎都能听得进去，各让一步，彼此道歉，甚至接着去看电影。

你以为我“调停”成功，真是因为“说得有理”吗?

错了！我必须告诉你，这世上谁都能讲理，就是夫妻不能讲理。因为夫妻之间，有个比理更大的东西，就是“情”。

凭什么两个八竿子打不着的陌生人，甚至家庭背景、知识水平完全不同的人，能够没几天，成为世界上最亲密的终身伴侣？

这终身伴侣、夫妻关系、男女“接触”，实在是整个社会最基本的结构。有了它，组了家庭，有了孩子，置了产业，彼此扶持，人类的文明才得以展开。

但是，无论人类变得多么文明、多么进步，却始终无法改变那最基本的“结合要素”，也就是——爱。

男女的结合，绝对是因为爱，而很少是因为理。也就因此，当夫妻之间能够讲理的时候，实在因为有爱；当他们之间的爱产生变化，理也就很难说了。

相反地，当夫妻真正冷静下来，一五一十、一百一千地算计财产、评论是非的时候，那爱也就不知道跑到哪儿去了。

所以有人说：“朋友容易维持，夫妻难于相处。”又讲“相爱容易，相处难”。这当中的道理都是因为朋友之间能讲理，夫妻之间讲理却难上加难。

说到这儿，你应该明白了，我为什么不再为你们调解，不再为你们说理了。

因为我发现——你们之间已经没了爱。

◎

想起八年前，你们热恋。那时候，你大概因为工作太累，有严重的口臭。

有一天，我坐你的车，她坐在前座。每次你说话，我虽在后座，都可以闻到你的口臭。可是，一路上，我却看见她不断偎在你的肩头。

我当时想，天哪！她怎么好像嗅不到你的口臭？但是跟着，我想通了——因为她深深地爱上了你。

隔一阵，你们果然结婚了。参加你们的婚礼，你笑嘻嘻地四处敬酒，口臭没了，脸色红润了，连皮肤都变细了。我还听说，她一次为你买了五套西装。

你记得吗？我那阵子常问你：“谁给你买的皮带？”“谁为你挑的衬衫？”

你的答案全是“她”。

我发现你的品位进步了，你整个人的感觉都不一样了。为什么？因为爱。

◎

或许你要怨我，既然已经觉得你们会离婚，又何必重提往事。

我是存心要提的，因为当我发现你们彼此不再有感觉、不再有爱的时候，你们也就开始怨、开始恨、开始“否定往事”。

一个人否定往事，有什么好处呢？那往事是你的黄金时代，当你把自己的青春岁月、黄金时代，全说成“瞎了眼”“白过了”的时候，对于你的人生，有什么正面的意义呢？

成熟的人承认错误；成熟的人，不否定过去，即使譬如“昨日死，今日生”，那昨日依然曾经存在。

所以，在这个看来已没有情的时候，你还是应该冷静下来，想想过去的恩。

◎

谈到“冷静”，我很欣赏西方国家在离婚之前先分居一段时间的做法。因为我发觉正如流行歌曲说的，“思念总在分手后”，当两个人不再天天聚首，生活上平淡了，环境上冷清了，也就能静下来重新想想过去的种种。

所以你注意的话，会发现许多离了婚的人，刚分开的时候会骂得对方一无是处，日子久了，却可能渐渐改变观点，检讨自己的不对。

还记得吗？你在学校读过的古诗——

“上山采蘼芜，下山逢故夫。长跪问故夫，新人复何如？新人虽言好，未若故人姝。颜色类相似，手爪不相如……”

这不是正讲新不如故吗？

还有，前些时过世的美国棒球之神狄马乔，他在跟玛丽莲·梦露离婚之后，仍然处处护卫着她。在梦露被关进精神病院时，是向他求救，并由他到医院拍桌子大吼：“把老婆还给我！”

梦露死后，是谁每天派人送一朵新鲜的玫瑰花到墓前？

是狄马乔啊！

◎

想想这些人，他们离了婚，也可能在离婚之前反了目，但是情没有了，仍然有恩。为什么有恩？

因为他们没有否定过去相爱、在一起的日子。

这也就是为什么我建议你搬出去的原因。搬出去，使你能冷静；搬出去，更能给你空间。有空间思想，也有空间修补你心灵的创伤。对的！心灵的创伤。

离婚的人，无论错在何方，谁都没错，或谁都错了，受伤的总是双方。

如果你受了伤，还天天面对面，那伤口就总是被揭开，难以愈合。所以天天冷战，住在一起，却形同陌路的夫妻，远不如分开，对彼此的伤害少。

正因此，当你说你坚持不签字、不搬走的时候，我说那不够聪明。

你可能想："你要我死，我也要把你拖下去死。"

问题是，你真拖得下去吗？当有一天，你拖累了，自己又不想死的时候，自己却也已经老了。

你以为可以占着那个巢，冷战到底，不给她好日子过，岂知自己也因此没了好日子，甚至失去了机会。

更重要的是，我们应该活在宽恕之中，还是活在仇恨之间？你们既然没有孩子，发现实在处不来，而且没了情、没了感觉，何不大大方方地给彼此一个空间，也给彼此一些机会？

◎

“君子绝交，不出恶声。”夫妻离异，也应该不出恶声。如我前面说的，夫妻之间常不能说理，因为有个“爱情”总挡在中间。当有一天，居然能一桌一椅地分财产，才真正是没了爱情、可以讲理的时候。

你说你们之间已经完全没了爱，现在可以说理了，就不要再作意气之争，去论谁是谁非了吧！

论出来是非，又有什么用？有讨得回的公理，难道也有讨得回的爱情吗？

如果要论理，就静下来，谈谈分居的事吧！谈谈怎样把两个人分开的伤害减到最小，也想想怎样把夫妻的爱，转移为朋友的情。当你们能平静、泰然，以朋友相待的时候，不单你们见面容易，四周的朋友也会觉得轻松。最起码，有一天，你们在我这儿相遇，我不会不知所措啊！

◎

写到最后，我要说个去年在美国《世界日报》上看到的报道：

在英国，有一对离婚二十年的夫妻，居然每年一起旅游十几回，总共旅游的次数已经达到一百五十次。他们是在离婚后半年，开始在电话中谈到可以一起出去逛逛，而开始旅游的。于是，两个人一同计划、一同用夫妻的名义订房间。

看了那则报道，我常想，这对夫妻是真不相爱，还是不能相处？是不能相处，还是不能朝朝夕夕柴米油盐地在一起生活？

希望分开之后的你们，有一天能够重相聚，就算不能再一起生活，也能像那对英国夫妻般，成为一同出游的朋友。

当然，我也祝福你们各自找到另一片天空，然后四个人来我家，有说有笑。

那将是多有风度！多么热闹！

如果你没了我

恋爱中的男女常会说："如果我没了你……"

当他们结婚，有了孩子，那句话可能成为："如果家没了我……"

再过几十年，孩子都大了，老伴也老了，死亡已经成为眼前事，那句话或将是："如果你没了我……"

血气方刚的时候，追求的是另一半，要的常是对方的全部。那爱是炽热燃烧的火，以最大的愿望，企盼对方跟自己一起燃烧。那是一对一的，百分之百对百分之百的；那是纯的，容不得一粒沙子的掺入，容不得第三者的干预。那是神圣的，因为它是爱，崇高的爱、不现实的爱。

但是，当我们有了下一代，爱的烈焰，就变成文文的炭火。没有熏人的黑烟、没有炙人的火苗，夫妻成为守炭火的人，适时地拨一拨，适时地添些炭，适时地把自己投掷下去，只为了火要维持——只为了我们的孩子正在旁边，安详地睡着。

然后，孩子自己有了家。夜色中远远望去，他们一家家，正围着红红的炭火，相互倚靠着。剩下老两口前面的火，却默默地黯淡：

“我累了，不能再跟你一块添火了。当我走后，你要好好过！如果孩子好，可以过去围他的那堆火。如果孩子不好，跟你借炭，你可要慎重，还是留些温暖给自己……”

我想，每个曾经恋爱、曾经养育，以及走向老年的人，都可能有这样的感触。

◎

我家附近，有一栋兴工中的建筑，全新的外观，尖顶如同教堂，门前砌着不同色的石砖，堆起高高的花坛，路过的人总要发出惊叹，只是工程持续了几年都没完。

最近听说要卖，说的人笑道：“你们知道那房子的故事吗？两个热恋的情侣，决定靠自己的力量盖一栋心中的城堡，但是盖着盖着，女的撑不住了，离开了男孩。那房子只有外壳，里面空空如也。”

“那是恋爱，不是家爱！”我心想：家爱可能没有漂亮的外壳，但里面是满的！家爱可能先会找个五脏俱全的小屋，让孩子温饱，再向外扩张。

◎

十几年前，有一次矿坑的大灾变。事过不久，我到那里写生，看见满脸愁容的妇人把饭盒交到丈夫手里，送丈夫一步步走向尸体才清干净的矿坑。

“小心哪！小心哪！”妇人叮咛着。

我当时觉得那“小心”像是讽刺。你叫丈夫小心，何不一手拉住他，说“换个工作，不要再下去了”呢？

但是今天，七海漂泊又漂泊，听说一次一次的空难，却又在家人不安的眼神中，登上越洋的飞机。我开始了解，生命本来就是一种责任——对家人，也对自己。

如果两人都冒险，谁去照顾孩子？

如果两个人都不出去“打拼”，怎么养自己的家？

◎

以前画鸟，总觉得上帝不公平，让雄鸟长得特别漂亮，又把雌鸟生得那样“昏暗”。后来观察多了，知道朴素的雌鸟，不容易引起注意，正有利于安全地照顾下一代。漂亮的雄鸟忙忙碌碌觅食，反而担较大的风险。

我不为任何鸟叫屈，因为父母是天职。鸟如此，人更是这样。成熟的父母，考虑的绝不是自身，而是家！他们为家设想，不只想自己活着的时候，更设想家中失去自己可能造成的后果。所以我说，他们心中想的不再是“如果我没了你”，而是“如果家没了我”。

◎

小时候常背北京的一首儿歌：

“小小子，坐门堆儿，哭着吵着要媳妇儿。要媳妇儿干吗啊？点灯说话儿，关灯做伴儿！”

那时候对“说话儿”，还能了解。至于“做伴儿”，就有些抽象了。

二三十岁，在电影里又听到这首儿歌，重新咀嚼其中的意思，味道变了，变得带有几分“色情”：

“噢！原来关灯做伴儿，是办那件‘事儿’！”

但是这两年，不再年少轻狂，某日看报上谑说：“少年夫妻老来伴，中间不知怎么办？”又想起那首儿歌，突然有了新的感触——

以前谈恋爱时紧紧搂着走，心里想的是：“你是我的！”

而今出去买东西，过街时拉着走，心里想的是：“你腿不好，别一软，摔了！”

我想，再过几十年，如果还能相守，颤颤悠悠地扶着走，那心底泛起的应该是：

“让我们好好活着，彼此做个伴儿！”

◎

如果我没了你，我会死！

如果家没了我，家会垮！

如果你没了我，你要好好活下去！

这就是爱的三种境界。

爱的进行式

“丈夫明明活得好好的，我最近却总是梦见他的灵堂。”一位朋友对我说。

我一愣。她继续自言自语地讲了下去：

“大概因为我上一个丈夫的祭日快到了！”

看我又一愣，她突然笑起来：

“糟糕，泄了自己的秘密，我以前是结过婚的。不过也难怪我不说，因为才半年，他就死了！”然后一咬牙，脸别向旁边，“我宁愿他没活过！”又狠狠加上一句，“宁愿他一家都不存在！”

我不知道该怎么答话，还是她自己长吁口气，很慢很慢，一个字、一个字地说出那个秘密：

“结婚之前，他的父母偷偷跑到我家，说他们不愿意瞒我——我的未婚夫得了血癌，医生说可能活几年，也可能活不过一年。但又不准我讲，说我未婚夫自己并不知道有这么严重。”

“你还是嫁给了他！”我说。

“对！我觉得不是他不爱我，也不是他存心欺骗，‘爱’没有错，所以我还是嫁了！然后……”她脸一仰，“没几个月，他就垮了！才半年，就死了！”她突然转过脸，瞪着我，“你知道吗？他死前居然告诉我，他自己是知道的。我问他何必告诉我他知道，他说因为他不愿意欺骗我。”她大声干笑了几下，“根本是狗屁嘛！他明明骗了我，还说不希望骗我。可是，当时我真感动死了，猛哭猛哭，差点陪他去死……”

“都过去了！”我说。

“你听我说完哪！”她手一挥，接着说了下去，“他死之后，我还常去安慰他父母。可是我不去，他们不哭，一去，还没坐下，他们就哭。我也就陪着他们哭。直到有一天，我问他妈：‘为什么我一来，你们就要哭呢？’”

她的眼睛里闪着泪光：“你知道他妈说什么？她说：‘因为看到你，就让我想起我儿子！’于是，我问她：‘你是不是不希望看到我？’那老太婆居然毫不考虑地说：‘是！我们不希望看到你！’从此，我就再也不去了，连一个电话都没打过。我恨他们，恨他们每个人，包括他！我也恨我父母，恨他们当时知道情况之后，为什么不阻止我嫁给他……”

“总算你现在嫁了个好丈夫。”我试着安慰她。

听到这话，她居然脸色一正：“我也怀疑我现在的丈夫，不知道他是不是也得了什么绝症。所以，我总是做噩梦，总是梦见他……”

◎

最近，美国电视上报道了一件医疗纠纷——

一对夫妻控告妇产科医生，在他妻子羊膜穿刺之后，明明知道胎儿不正常，却骗说没有问题。结果，生下的是个痴呆儿。

“那医生是个反堕胎的宗教狂热分子，他使我们一家生活在噩梦当中，遭受了莫大的痛苦。”丈夫接受访问时说。

这时候，他的妻子，怀里正抱着那个痴呆儿，当记者转向她，她没有抬头，幽幽地说：“我恨那个医生，但是，我很爱这个孩子。”

◎

这听来有些矛盾的故事，使我想起多年前的另一则新闻——

也是一对夫妻控告妇产科医院，在产房中把孩子弄错了，跟正好同时分娩的另外一个女人做了调换。

“你们看看我这四个孩子，三个都长得很像，也很漂亮，就这一个不像……”那对夫妻，拥着四个孩子接受访问，确实有一个孩子跟他们任何人都不像。

“你们再去那一家看看，她的孩子跟我这三个亲生的，长得像极了。”做妻子的说，“而我这一个，正好像她，当然是弄错了！”

“你是希望换回来，这个去，那个回？”记者问。

那妻子突然不讲话了，嘴闭得紧紧的。

记者不得不打开僵局："换那个你认为像你、比较漂亮的回来啊！"

那妻子一惊，霍地抬起头："这个也不丑啊！他很聪明、很听话，我怕他换过去，那个女人会虐待他……"她不再说下去，整个身体缩成一团，颤抖的手臂，紧紧搂着一个孩子——那个她认为不是她生的孩子。

◎

一位婚姻美满、有儿有女的妇人对我说：

"如果讲我这一生有什么遗憾，就是在年轻时拒绝了一个男人的爱。他比我大十几岁，而且是有妻子的。"

"那你当然应该拒绝。"我说。

她似乎没听到我的话，沉湎在回忆里：

"只怪我那时候初入社会，心里明明很喜欢他，可是想到道德，想到大人说的话……哦！不！在他突然拥抱我的时候，我什么也没想到，只是莫名其妙地把他推开了。接着就觉得很后悔，几个晚上没能睡好觉，希望他再约我。他是又约了我，可是回复了以前君子之交的样子，好有礼貌，像是对他当时的莽撞表示歉意。每次吃完饭，他就急着送我回去。看车子开往我家的方向，我就好火大。有一次，下车时我狠狠摔他的门，头也不回地走了，他就再没找过我。"她低头数手指，又托着下巴，"算算到现在十六年了，大孩子都快高中毕业，我却老忘不了他，后悔当时自己的错误。"

"你没做错啊！"

“对！如果我当时接受他，会是一种错。但没接受，对我的心灵来说，也是一种错。我对在‘没有犯下错’！也错在‘没有接受那个错’……”

◎

有位同事，最近总往医院跑，早上红肿着眼睛来上班，说因为胳臂疼，彻夜没法睡。

“这毛病已经不是一天了！”她说，“都怪我养的那只大狗，每天遛狗时，它总是急着往前冲，我拉着它，老是扯直了膀子。久而久之，就出了问题。”

“不容易治吗？”我问。

“医生说慢慢就会好！”她把头压得很低，“因为我的大狗死了，不用再带它出去遛。”

“可是，我现在肩膀一疼，就不能睡，就想起我的大狗……”她突然用手捂着脸，“就哭！”

◎

我常想，这世上大多数的事情，都可以找出“是非”与“对错”。唯独爱，有那么多种滋味，有那许多纠缠不清的情怀，更有着无限的因果与矛盾。

爱，无所谓对错。它只是发生、只是遭遇！

青春泉

常带着小孙子、小孙女到公园里玩耍的祖父母们，总是坐在一起感慨：只恨自己青春不再，没办法陪着孩子一起玩。

孩子玩得兴高采烈的时候，也总是拉着爷爷奶奶：“你陪我玩嘛！好有意思哟！”

当老人家勉强跑几步，便气喘吁吁，孩子莫不懊丧地嘟着嘴：“要是爷爷能跟我一样小，该多好！”

这倒是触动了老人家的灵感，先用木板盖了两间小房子，四周装上一串串闪灯，分别写上“青春泉”和“老年泉”的大字。又去邻镇找来几个三四岁的孩子，并为他们定做了跟自己相同布料和式样的衣服。

一切准备就绪，节目终于开演。

“这是青春泉，爷爷只要进去，就会变成像你一样小地走出来，好不好？”

孩子们都兴奋地跳。

于是，老爷爷老奶奶一个一个走进去，开亮串串的闪灯，又放出奇幻的音乐，再把事先藏在里面、打扮成自己的小孩推出来。

“嗨！我是爷爷！你不认识我了吗？”

“嗨！我是你的老奶奶呀！高兴不高兴？奶奶变得这么年轻！”

请来的小演员，十分称职地照老人教的台词，向等在外面的孩子打招呼。那些孩子先是一怔，居然跟着就都相信了，兴奋地冲上去，拉着“假爷爷”“假奶奶”跑向游戏场。

他们一起荡秋千、溜滑梯、堆沙堡，笑闹成一团。

天逐渐暗下来，小演员却玩得忘了看见“老年泉”灯亮，就要走回小屋换爷爷奶奶出来的约定。

终于有一个小女孩说话了：

“爷爷！天要黑了，你该变回原来的样子，带我回家了！”

其余的孩子也都跟着催促，可是邻镇来的小演员，因为初到这个游戏场，就是舍不得走。

“你不走，我走！”一个小孙女叫道，说着便冲向“老年泉”，“让我变成老奶奶带你回家，你实在太不乖了！”

当孩子一起冲进老年泉，发现自己的老爷爷老奶奶居然都躲在里面时，竟然又兴奋，又生气地哭了起来：“我再也不准你变年轻了！年轻的爷爷奶奶，不像爷爷奶奶！”

交换婚姻

参加旅行团到被称为加州最美的小城卡梅尔（Carmel）去。

车子开进豪宅区，许多房子临海而建，有些简直像中世纪的城堡。

“瞧！”导游指着一栋屋顶盖了一半的豪宅说，“那房子三年前就这个样子，现在还这样……”

他的话没完，已经有人搭腔：

“离婚了！”

车里哄起一片笑声。

◎

想起我以前的一对邻居夫妻，两口子结婚后就盖他们的梦中之屋，房子外形都差不多了，庭院和车道的花砖也已经铺好，却一下子停工了。没几年，杂草已经长得比人高，每个邻居路过都叹息。

据说那对夫妻盖着盖着，情感有了变化，由摩擦、停工到离婚，于是“梦中之屋”成了“梦碎之屋”

我曾在以前的文章里提到这房子，只是最近有一次路过，看到那房子已经再度光鲜亮丽起来，成为整个小区最美的宅第。

“不知是别人买下了，还是其中一人终于存够了钱，把它完成？”我问一位以前的邻居。

“都不是！是他找到另一半，又有了一双手、又带来一笔钱，帮他圆了梦。”

◎

女儿以前有个同学的妈妈，早就离婚了，后来交了一个又一个男朋友，却迟迟没结婚。

她倒说得挺坦白：

“有个很不错的，爱我、我也爱他，只怪他没钱。嫁给他，我前夫不再给赡养费，靠他那点薪水，我怎么过？恐怕连这房子都供不起。”

后来，那女人果然找到个有钱的男朋友。她女儿还高兴地对全班同学说，她最得意的就是妈妈交了个有钱的男人，房子比她现在住的大三倍，她就要跟妈妈一起搬过去了。

这也让我想起以前买湾边（Bayside）的房子，在律师办过户时，卖房子的离婚夫妻冷冷相对。当文件递到那女人面前，她突然掩面而泣。前夫则不断生硬地说："不要嘛！不要嘛！"

我搬进去之后，发现那卖房子的男人其实在附近又买了一栋，而且不比卖给我的差。据说那是他用离婚卖房子分到的一半财产，加上新婚妻子带来的一半财产买来的。

至于那前妻，则搬到了另一区的公寓里。就算老邻居跟她联络，也不理不睬，好像去了另一个世界。

只是，过三年，"那太太"也搬回来了，而且主动参加小区聚会，还常带着她新嫁的丈夫，介绍给老朋友们。

更妙的是，她和新丈夫与她前夫以及她"前夫的新老婆"有说有笑，好像以前的仇怨都不见了。有一回还主动过来对我说："对不起啊！你买了我上一个房子，一定发现不少门是破的，那是被我前夫踢破的！"

我笑笑，不知说什么，总算想到一句话："欢迎你回来，真为你高兴。"

"是啊！我爱这个小区，以前离婚，钱被分走一半，没办法，所幸新丈夫又带来一半，所以赶快搬回来。"偷偷瞄她前夫一眼，放小声，"而且我要让他看看，我不是没人要！"

◎

来美国30年，我发现非常有钱的男人，可能跟老婆离婚之后娶个极年轻的太太；非常富有的女人也可能跟老公散伙之后，嫁个比她小一半的丈夫。

但是那些半有钱的人，离婚再娶、再嫁的不见得年轻，而是财力相当的，原因是：特有钱的人就算离婚被分去一半财产，还能维持以前的场面。至于那些半有钱人，则可能因此元气大伤，结果连以前的朋友都玩不到一块儿了。

一位美国朋友说得妙——

“如果你是明星，离婚被分走一半财产，少了豪宅和排场，就少了朋友、少了身份、少了片约，甚至一蹶不振，你能不挑财力相当的人吗？”

不知为什么想起以前办公室，到了圣诞节，都会举行摸彩。礼物全是大家捐的，而且规定每人只能捐一份，价钱不可少于多少，也不能高于多少，说“这样才公平”。

于是，每个人都能兴奋地抱着摸来的礼物回家。

也想起大陆有个交换古董的电视节目，两方“收藏家”在价钱差不多的情况下“互通有无”。

现代人的离婚可能只是从这一户搬到那一户，从这一区换到那一区。生活水平没改变，甚至朋友也没改变，只是交换礼物，换来了以前没有的新鲜，或换一双手，继续上一段婚姻未完成的“梦中之屋”。

当她赶你走的时候

一个老同学，跟他的女朋友同居好多年，终于结婚了。

喜筵上新人敬酒，敬到我这桌，老同学突然对我一拱手："谢谢你，老刘，要不是你帮忙，我们可能早分手了。"

我一怔，心想：我什么忙也没帮过啊。

"你大概不知道。"他笑笑，"有一次，我们吵架，我气得回屋子打包，装好箱，拿到门口。"指指他的新娘，"她，居然就站在那儿看着，还冷冷地说：'你走啊！你走啊！我不会拦你。'就在我提起箱子要开门的时候，突然门铃响，是你。我在对讲机里说：'你来了，正好！'但是，就在你上楼的这几十秒钟，她突然冲到门口，把我的行李往里拿，手脚可真快。一下子，东西全藏好了，正好给你开门，所以你不知道。还带我们去看电影，也就这么一来，我们两个人的气全消了，没事了。你说，我们不是得感谢你吗？”

我干了杯，笑道：“其实，就算没有我及时赶到，她也会把你找回去的。”

“不！”他一摇手，“我的脾气是，真出了门，就再也不回头。”

◎

看电视，《真情指数》节目。

患了严重先天肌肉萎缩症的朱仲祥谈到他可怜的遭遇。

小时候，朱仲祥住在医院里，父母却离了婚，全靠父亲照顾。母亲很少去看他，去的时候居然还怕被别人认出来，不准他叫妈妈。

他的病愈来愈严重，四肢全变了形，不能走，不能站，不能自己洗澡……而疼爱他的父亲却在这时突然死了。

所幸，他记住父亲的话，努力学习，运用他的智慧，在育幼院里一天天长大，还进了学校。

更幸运的是他遇见了今天的妻子，为了跟他在一起，他年轻的妻子剪短了头发，放弃了装扮，每天抱他进进出出，夜里还帮他翻身。

“我们有时候也吵架。”朱仲祥笑着说，“有一次，我太太气急了，把手提电脑扔给我，说：‘你打离婚协议书啊！你不是文笔很好吗？’我也不饶人地说：‘好哇！请你把打印机一起拿来，要不然怎么打印呢？’她就气得哭了起来。”

◎

大学时候，有个男同学看上了一个女生，他每天跑到那女生住的地方站岗。晴天站，雨天也站，站在女生从窗子就能看到的巷角。

那女生起初没注意，后来发现了，常隔窗看他。愈看愈嫌他讨厌，请室友去赶他走。他偏不走，每天还按时报到，那女生就把窗帘拉起来，不看他，每次要靠近窗子，都先叫别人去瞧瞧，他是不是还在外面。

一站，站了两个多月。这男生实在失望了，不再站岗。

据说那女生常伸着头，到窗外张望，看不见他，就高兴地对朋友说："好极了！'缠人精'不见了。"

隔一阵，她更得意地说："那讨厌鬼不知死到哪里去了。"

又隔一阵，她张望不到，会坐在床头喃喃自语："希望他不是出了车祸，或生了什么病。"

有一天，女生在校园看见那男孩正跟同学说话，竟主动过去问："你没出什么事吧，好久没看到你了。"

突然间，他们成为一对恋人。

◎

我的一个老同事，跟他太太冷战了两年。两个人见到我，谈到对方，都没好话，看样子非分手不可。

"君子绝交，不出恶声。"我对男方说，"她说房子是你名字，头期款是她付的，你又说后来的分期付款是你付的。现在由我出面，跟你太太谈判，看看怎么处理财产，好不好？”

“好极了！”他很爽快地说。

我就找一天，约他太太谈，还拿出计算器，一样一样算。最后的结论是，他如果把房子过户给他太太，他太太愿意拿出两百万给他。“我这是破财消灾，愈快愈好。”他太太临走的时候高兴地说。

结论出来，我立刻告诉老同事。他想了半天，沉沉地讲：“好吧！她给我两百万，我就搬出去。”

我又立刻找他太太出来，报告达成协议的好消息：

“你老公说了，你给他两百万，他就走人，棒不棒？”

我以为她一定会非常兴奋，觉得脱离苦海了。岂知，一瞬间，她的脸变白了，又突然变红，蒙着脸哭，泪水像雨一样从她双手间滴下来。

我递过一张面纸。她接过了，只是还蒙着脸呜呜地哭：“真没想到，十三年了，这份情，在他心里只值两百万。”

隔天，我的老同事就把房子过户给他太太。

只是，他没向他太太要钱。

他对我说：“钱对我不重要，如果我太太把房子看得那么重，就给她。”

信不信？从此以后，他们居然没再吵架。

◎

“你走啊！你走啊！我不会留你的。”

我常想起那位老同学，如果我没那么凑巧地赶到，他真提着箱子，出了门，后来会怎么发展。

我也常想起少年时，男生之间的一句玩笑话——

“女生很奇怪！当她们赶你走的时候，常常是要你留。如果你听不懂，就别谈恋爱。”

谁有外遇

“了不得啦！了不得啦！”星期一才进办公室，侯小姐就失火似的喊，“王小姐的丈夫有了外遇！我昨天下午亲眼看见，在国兴饭店门口，王小姐的先生带着女朋友上计程车，搂得可真紧呢！”

“你有没有过去打个招呼？依你侯小姐的脾气，至少也得喊一声吧！”

“可惜就在这儿！我在街对面，中间的车子一大堆，就算叫他也听不到。等我冲过街，他早上车走了，只怕是去……”

“你别又造谣了！国兴饭店前面马路那么宽，你怎么可能看得清楚？”

“绝对没错！”侯小姐一挤眼，“我啊！还怕不确定，立刻拨了个电话给王小姐，她自己接的！”

大伙全站了起来。

“不过，我没敢说话，立刻挂上。笑死了！笑死了！”

“笑什么啊？”王小姐推门进来。大家全怔了一下，各自坐下，直伸舌头。

还是侯小姐胆子大：“我是说昨天下午在国兴饭店门口看见你先生，带了个小姐上计程车。”她眼珠一转，“那个小姐我远看看不清楚，好像挺漂亮的，是不是你呀？”

“是啊！你既然看到我，为什么不过来打个招呼呢？”

找回你自己

左右手不同

我常打网球，每次到球场，教练都会交给我一大篮网球，要我自己挑“状况好”的球出来打。

那些球都是旧球，虽然因为多少已经“走了气”，不能当“比赛球”，但用来做练习，还是不错的。

我总是挑那些气比较足、捏起来比较硬的。大约一百个旧球当中，能有二十多个入选。

奇怪的是，有一天，同样一百多个球由我挑，居然有六十多个都很硬，被我选了出来。

“不可能啊！”我心想，“难道因为今天我右手懒得把拍子放下来，改用左手挑，就有这么大的差异？”

我放下球拍，如往常一样，用右手再挑一遍。

果然，原来“过关”的六十个球，又只剩下了二十多个。

同一个人、同一颗心、同一个标准，只因为左右手力量的不同，居然有这么大的差异！

时间感觉的差异

我住在一栋高楼里，每天都要乘上下几十层的电梯。由于坐惯了电梯，我几乎能闭着眼睛，心里算着楼层，暗自喊一声“开门”，电梯就正好到达。

但是有一天，我夜里突然想到有一封该收到的信，于是睡眼惺忪地下楼拿。这一回，我的“心算”居然不灵光了。

我心里才算到三分之二，电梯就到了。

回楼上，再算一次，又是如此。

我发现电梯的速度没变，只因为我的反应比较迟钝，“时间的感觉”居然不一样。

身体健康，事事“容易”

每次我在中国台湾忙上一阵子，初回美国的时候，任何地方请我演讲，我都会毫不考虑地说：“不！”

而每次我说“不”的时候，我的秘书都会笑着说：“这演讲还早呢！是不是过两个月再回他们话？”

于是，把事情压下来。

两个月过去，秘书拿同样的事问我，我往往会沉吟一下，说让我想想。

再隔两天，我八成就会点头了。

“您一累，就什么都‘不’；等您精神恢复，就什么都好办了。”秘书笑着说。

养精蓄锐再出发

前年，我去马来西亚，回到中国台湾就肠胃不好。回美国，一下子由“大热天”进入冰封雪冻的寒带，又因为出去铲雪，摔了一跤，而在床上躺了一个多月。

卧病的这段时间，我怨天尤人，不断地悔恨，怪自己不该出国，也不想计划未来的事，所有的“宏图”全不见了。

一个多月之后，我病好了，又开始打球、长跑。

奇怪的事情也再次发生——

那些卧病时认为办不到的事，件件都变得容易，似乎只要做，就一定能成。

我居然又出发，前往马来西亚，而且当那里的侨社顾念我身体，说只做两场演讲就成了的时候，我居然主动说：“没关系，为侨社募款，多多益善，就讲五场吧！”

你是不是累了？

各位年轻朋友！我为什么要说这四个故事？

我要以亲身的体验告诉大家：

每当你觉得对手强、时间不够、能力不足或满怀抱怨的时候，都应该先想想：是不是因为自己当时的心情抑郁、身体较弱或精神欠佳？

在你要对一件事情说“不”，而采取退缩态度之前，是不是可以先缓一下做决定，好好睡个觉、游个泳、打个球、吃顿饭，养足了精神再说。

你很可能发现原来嫌啰唆的朋友，一下子变得殷勤可爱了。

你很可能发现原来的“山重水复疑无路”，突然成为“柳暗花明又一村”了。

你很可能发现原来找你麻烦的敌人，一下子成为给你机会的同志了。

你很可能发现原来苦思不解的问题，突然间全有答案了！

早恋是灾难吗？

这里有两件有关早恋的事儿。

三年前，我应某电视台的邀请，上了个著名的谈话节目。为了慎重，制作组特别到旅馆跟我讨论内容。因为节目的主题是中学生早恋，所以我先发表了一番自己的看法。只见制作人频频点头，十分赞同的样子。但是临走，他突然有些不好意思地说："刘先生，拜托您上节目的时候说得保留一些，别表示您不反对中学生交异性朋友。"我听了一笑，问他："可以啊！但是我私下请问你，你中学时有没有交过女朋友？"

那制作人迟疑了一下，笑说："有！"

第二个故事是这样的。我高中的时候，母亲管得很严，为了防止我交女朋友，她在门旁树下放了一把竹扫帚，说："哪个女生来找我儿子，我就把她打出去。”问题是，我母亲生在清朝，缠过小脚，跑不快，女生来，她连脸都没看清，女生早跑不见了。这下子，我母亲改了，放话出去：“哪个女生来找我儿子，我不打她，我打我儿子。”

在她严密监控之下，我总算平平安安考上大学。发榜当天，我老娘一边感谢上帝，一边说：“快！妈带你去做两套西装！快交个女朋友。”又强调，“瞧瞧！你李妈妈比我小十岁，人家早抱孙子了！”

结果，交女朋友，给我老娘抱孙子，成了我上大学的重要任务，所以别怪我在大学就结了婚。

谈到大学，让我想起十年前。有一次，我去一个大学演讲，在接受大家提问的时候，有学生问：“刘老师，请谈谈您对大学生谈恋爱的看法。”

我当时一愣，笑道：“大学生恋爱跟一般人恋爱不一样吗？”整个会场立刻笑成一片，接着响起如雷的掌声。

是啊，大学生是人，高中生是人，进入社会的男男女女也是人，为什么认为大学生恋爱特殊呢？

当然这也难怪，否则我母亲为什么在我高中时候那么严密控管我交女朋友，却在考上大学的“那一刻”，突然“解禁”了。天哪！因为考上大学，就一切都变了！在那之前，女生是毒蛇猛兽，从那天之后，女生就成了美女天仙，可见大学生恋爱就是不一样。严格一点说，不应该讲女生是毒蛇猛兽，应该讲，对许多中国父母而言，只要是孩子在中学交的异性朋友，尤其爱上的，都可以称为“毒蛇猛兽”。因为孩子一碰上那“祸山”或“祸水”，前途就断送了，保证功课一落千丈，掉进万劫不复的深渊。在中国这么说，也不全错！因为处处看见原本功课很好的优秀学生，突然变了样，八成交了异性朋友，谈了恋爱，可见早恋确实可怕。

问题是，为什么在西方世界没这么严重呢？我只见四周的美国朋友，带着儿女给他们的异性朋友买生日礼物、情人节卡片，甚至开车接送出去约会的孩子。在美国待过的人一定知道，美国高中生到了十一和十二年级，可麻烦了！他们有所谓prom的毕业舞会，到时候不但男生女生得穿晚礼服，讲究的还租礼车，一副要结婚的样子。更麻烦的是，他们早早地物色当天晚上的“另一半”。我就曾经看女儿跟她妈妈讨论，哪个男生好，身高配不配，当天要到哪里去做头发、化妆……

东西方文化为什么有这么大的差异啊？在中国父母眼中的“毒蛇猛兽”，为什么到了西方，就成为受欢迎的好舞伴？他们难道不知道会引狼入室，把自己孩子带坏吗？

我曾经问我女儿这件事。小丫头倒很客观，她说据她看，交异性朋友的同学，功课确实会受影响，还举出好几个例子给我听。那影响是当然的。你想嘛，半夜三更还在外面约会，冬天挨冻，夏天喂蚊子，进家门之后，还急着打电话、上MSN，连半夜三更都可能抱着手机，躺在床上聊，功课能不退步吗？

只是我女儿又说了，交异性朋友对西方孩子的影响，好像不及东方的大。因为西方家庭从小就不太管这些事，于是一群男孩和女孩在一起，由小玩到大，就算有了早恋，也是从一知半解开始。最初似懂非懂，好像初恋，又不是初恋，就算失恋了，也不会怎么心碎。等到再交第二个、第三个，几乎已经对恋爱这种疾病免疫了。

洋人的观念确实新鲜，你信不信？我儿子上高中的时候，美国邻居还对我太太说，让儿子多交几个女朋友，红黄黑白褐，都可以。反正成不了，却能让他多一些经历，免得没见过几个女生，后来碰上一个，管她好的坏的，就认定那个了。

我女儿上高中之后也一样。居然有朋友要我太太劝劝女儿别太挑，回头好男生都被人先抢走了，又说总关在家里的乖乖女生，反而怕外面的坏男生。道理跟洋人说的一样，她们会缺乏异性免疫力。

这话也有理，首先，在我接触的美国家庭里，没见到哪家真正因为孩子交异性朋友出大问题的。反倒听说不少中国家庭的亲子为早恋的问题争执。我儿子高中也交了几个女朋友，他还把这件事情甚至跟女朋友的照片登在他的书里，后来不是也进了哈佛大学吗？

我记得最清楚的是，当他高中交女朋友，整晚不念书打电话的时候，我骂他，他居然说把我的电话费还我，在大雪天冲出去打公用电话。我还为此在《肯定自己》这本书里写了一篇《雪地上的脚印》，告诉他我和他妈妈站在门前落了雪的台阶上，看他的背影消失在纷飞的大雪中。

你知道这事后来怎么落幕的吗？第一，我接受了西方的观念，放手了。第二，是我儿子说了一句话，我觉得有理，他说：“如果我一天打八个钟头的电话，照样拿全A的成绩，跟我不打电话，好像很用功，却拿一堆C和F，哪个好？”

N 大最后一个处女

“我约到了冰冰！我约到了冰冰！”小葛是跳着进门的。同房的小张居然还不信地问：“你说的是企管系的那个丘冰冰？”

“当然！不是丘冰冰是谁？当然是N大最后一个处女。”小葛神气地说，“她明天晚上要跟我出去吃晚饭。”

“吃饭？”小张还将信将疑，“那个冰霜美女居然会跟你出去吃晚饭？”他把“晚”字特别强调。

“当然！”

“哇塞！”小张从床上一下子跳了起来，伸手狠狠打了小葛一巴掌，“你真是真人不露相呀。快！教几招！你是怎么让她点头的？”

小葛没正面作答，只噘噘嘴，笑笑：“我自有对付冰霜美女的方法，这是只可意会，不可言传的。”

◎

小葛当然不会把冰冰妈妈托他妈妈带东西的事说出来，也幸亏两个妈妈认识。“冰妈又知道葛妈”要到纽约看儿子，于是捎了一大包东西。那还真够大包的，小葛的妈妈因此少给儿子带了不少东西，还差点扭伤了腰。不过这都值得，要不是看在葛妈妈带了那么多东西，冰冰怎可能答应一块儿吃饭？

冰冰，大家都说她人如其名，冷若冰霜、艳若桃李，可是她偏偏对男生不感兴趣。于是又有传言说她是“蕾丝边”——女同性恋，不过后来也说不通了，因为冰冰连跟女生也不交往，她一个人住在远远的上东城。据说是她姑姑家，姑姑也是老处女，于是又有人说冰冰是“石女”，对性不感兴趣。当然，更美的名字也就出现了，冰冰被所有中国留学生偷偷给了个封号——N大最后一个处女。

◎

小葛约到了冰冰，才一天时间，整个中国留学生圈就传遍了。小葛的电话一直响，都是来查证的。幸亏有小张帮忙接，这小张又绘声绘色地添油加醋，把小葛说得神死了。甚至小声讲小葛妈妈上个礼拜来，为他带了一幅家传的古画，最少值六十万美元。小葛发了！要不然冰冰怎么看得上他，他又怎么请得起冰冰去“六九餐厅”。

小葛，真是咬着牙去六九餐厅的。幸亏是星期一，客人比较少，要不然临时根本挤不到位子。当然，他们虽挤到了，却只能坐在靠门口的位置。

不过，这正中小葛的下怀，因为他就希望靠近门口，这样人家才能看见，尤其小张那票“不信邪”的捣蛋鬼，他们居然说要带照相机，用望远镜头拍，证明小葛果然跟冰冰用餐。

冰冰整整迟了四十五分钟才到，小葛急死了，以为冰霜美女变了卦，幸亏有那个老娘带来的大袋子。这就是小葛聪明的地方，他知道袋子里有重要的东西，他是用“绑”袋子“勒”美女的方式，不怕冰冰不出现。

◎

烛光下冰冰更美了，只是还不笑，就算吃那道名菜烤鹅肝，也只微微翘了翘嘴角，而且居然没吃完，就把盘子轻轻一推，穿白西装打黑领结的男侍立刻收走了。

那杯特别为她点的红酒，冰冰也没喝完，一想起酒的价钱，小葛的心就淌下红酒，于是问冰冰为什么不再喝。

“这是配鹅肝喝的，不是吗？”冰冰瞟了小葛一眼，又翘翘嘴角，“你喜欢，你要不要帮我喝？”

小葛赶快伸手，把杯子端过去，正要喝，却见冰冰一皱眉：“你怎么搞的？你可以把酒倒进你的杯子再喝啊！怎么那么粗鲁呢？”

小葛的脸一下子红了，赶快照做，再把空杯子放回冰冰旁边，男侍又立刻收走了。小葛觉得男侍在笑，跟冰冰一起嘲笑他这个“土包子”。

◎

与冰冰比起来，小葛是差多了，很难想象冰冰这个家里不过小康的女生，来美国一年半，怎能有那么好的风采。小葛突然觉得在冰冰面前，自己矮了半截：冰冰好像是位高贵的公主，在宫廷中；而自己，成了弄臣。

“不过做弄臣也甘心。”小葛正想，突然看见“曲棍球队”的彼得进来，后面还有几个男生、女生。男生小葛也认识，都是球队的明星，也都是王子。据说一个是美国烟草商的儿子，一个是美国酒商的小开。一票“纨绔子弟”组成那个最花钱的曲棍球队，总在场上打架，而且总受伤。

小葛跟彼得打了个招呼，又跟那两个小子握了手。突然觉得自己长高了，因为他居然认识这些王子，表示身份够。

当然，冰冰不可能猜到，那是因为小葛正在彼得老爸的店里打工。

◎

美丽的晚餐结束，小葛要送冰冰，被拒绝。冰霜美女一招手，来了辆计程车，居然跳上车走了。剩下小葛一个人在那儿发怔，不过想想省下计程车钱也好。突然有人从后面把小葛拦腰抱住，接着又冲出几个人，小葛心想：“完了！黑夜在曼哈顿，被抢了！”却听抱的那个人哈哈大笑了起来：“请我们再去吃一顿吧！”原来是小张那票浑蛋。

小葛一下子成了风云人物，小张回去却连电话都不接，只是笑：

“不接，表示我们两个人都不在宿舍。也可以让人猜，有你在，但你不接，因为怀里搂个冰冰。”

何止中国同学圈传开了，而且好多人看到了，看到小张偷拍的照片，连洋人圈也知道了，最起码彼得到店里来，看到小葛，对小葛比了比手势，做成开枪的样子：

“哈！看到了！总算落在你们中国人的手上了。”

小葛一下子没会过意，过半天，才问彼得：“你这是什么意思？”

“没什么意思啊！我们早觉得冰冰应该也跟中国男生交往交往，我们常骂她太不跟中国人打交道了！”

“你的意思是她跟你们打交道？”

彼得尖笑了起来：“你居然不知道？”接着一直笑、一直笑，“她跟我们球队哪个没睡过？”

◎

小葛没有再约冰冰。

不过，他约到了另一个美女，也是大家公认眼高于顶的。

小葛最爱听中国留学生圈叫他“唐璜”。

那女生最爱听小葛说：“你才是气质美女。冰冰算什么？我约一次，就把她甩了。”

生与爱的使命

有个朋友，年未四十，已经生了七个孩子，大家都笑说：“这是什么时代了？还以多子多孙为贵？”连他的父母都叹气：“最重要的是把孩子教好，如果教不好，不如不生！”

朋友却有他的道理：“就算我因为孩子多，没能个个教育好，他们将来总还会结婚生子，谁敢说他们也一定教不出好孩子呢？所谓‘歹竹出好笋’，迟早生出个圣贤伟人，如同孔子的爸爸不怎么样，却能生出孔子。”朋友得意地笑笑，“所以，我并不求这一代杰出，只要香火传下去，将来子孙有好的，就成了！”

◎

还有位朋友，已经是高龄产妇，却坚持不做“羊膜穿刺”的检查，结果生下个痴呆儿。

消息传来，大家都有些失措，不知该怎么表现：是装不知道孩子有毛病，照常去道贺，还是不做任何表示，免得触到对方的伤处？

正犹豫，朋友居然自己拿着婴儿的照片四处报喜，而且毫不掩饰地说：“长得真可爱，只是稍稍有点毛病，智障！”

再过不多时，她更把娃娃抱到了办公室。大家表面夸赞孩子长得好，只是窃窃私语：“光看眼神，就知道不正常。”

岂知做母亲的居然搂着孩子说：“你们有没有发现，他比别的孩子看起来快乐？智障的孩子想得少、容易满足，所以特别快乐！”又像是得意地说，“这世上总有人要生智障儿，我分担一个，有什么不好？！”

◎

读郑板桥的《逃荒行》长诗，每次都让我感动得流泪。

诗中的男主角，灾荒中遗弃妻儿之后，在路边发现别人遗弃的婴儿，竟然不忍心地把孩子抱起，放在挑着的担子中，四处找妇人喂奶。

孩子在怀中咿咿出声，似乎喊爹娘，岂知被自己的父母遗弃，又被一个曾经遗弃子女的人抚养。

郑板桥跟着写了一首《还家行》，描写这逃荒人，在灾荒过去之后，找到自己的妻。那妇人已经嫁给别家，并生了一个正在哺乳的孩子。

当妇人听说前夫找来，心中“且喜且彷徨”，因为“大义归故夫，新夫非不良”。最后还是不得不跟着原来的丈夫走，把幼儿留给了新的丈夫。

诗里生动地描绘了当母亲把孩子放下的时候，真是心如刀割，而那婴儿也似乎知道将与生母别离，抱着妈妈的颈子不放。硬拉开之后，满脸泪水地在地上翻滚、哀号。

诗最后，写那“新夫”抱着孩子躲到邻家，背靠着大树，不忍看爱妻离开，一个人把孩子抱回家。孩子整夜哭，父亲则彻夜难眠。

每次读这首诗，我都想：后来那逃荒者虽然寻回了妻子，养育的却是路上捡到的孩子。自己在逃荒时遗弃的亲生子女，只怕也被别人收养。至于妻在外面生的孩子，必然又有了一个后娘。

这当中表现的是崇高的人性，还是上天的作弄、命运的无奈？

我们生孩子，是为了“创造宇宙继起的生命”，使无穷的将来有了无穷的希望，抑或只是承担上天交下来的一份任务？

那么，是否当我们生了孩子，也就不必计较由谁养育？更扩而大之，养别人生的孩子，也算尽了一份天职？

或许那正是“不藏于己”“不必为己”，以及“不独亲其亲、子其子”的境界吧！

多活几年

以前每到隆冬，八十多岁的老母常对着窗子偷偷擦眼泪：“冰天雪地，在美国关监牢……”

然而，自从有了小孙女，事情就改观了。老人家忙得团团转，明明有亲戚帮忙，她却要抢着带孩子。有一天，走过老人家的房门，相差八十多岁的一老一小正在玩耍，老人家的声音传出来：

“你这么可爱，冲着你，奶奶也要再多活几年！”

◎

墙上的照片早变黄了，老人家常去擦，一面喃喃地说：“真没福气！连电视都没见过，就死了！”

父亲过世到现在整整三十三年，那时候，我才九岁。只记得刚住院时，父亲怎么都不相信自己得的是癌症，接着怨医生误了病情，再下来则是骂老天：“为什么好人不长寿？”

尔后，居然平静了。

死前几天，舅舅备了架录音机留下遗言。后来，录音带早在一场大火中焚毁，父亲的声音却始终在我耳边：

“爸爸真想多活几年，看你长大……”

那声音已经没有任何怨怼，是那么的平静！

◎

小时候，附近住了位将军，身经百战、功业彪炳。虽然他因为高龄而日渐缩小，佝偻着走过，但看到他的眼神，仍令人敬畏三分。

有一天，他的司机发了疯，拿着刀，见人就砍，冲到将军面前，老人居然浑身颤抖地跪了下去……

老将军没死，但是再也没人敬重他，原本看到他就老远立正的男孩子，甚至往他院里扔石头，高声骂：“胆小鬼，怕死鬼！”

我却记得事情发生不久，跟着母亲去探望他时，老人坐在藤椅上，面色恢复了平静，冷冷地说：

“我想多活几年……”

◎

学生魏嘉凤，艺专毕业，又跟我学了几年画，全省美展得了奖，正是青春好年华，突然发现长了脑瘤，而且在最深的“下视丘”。

越洋通了信，又打电话过去，一点听不出毛病。

回到台北，她还跑来看我，笑着指自己头上的毛线帽：“放射线治疗，头发都掉光了！”突然掩面，泪水从指缝渗下来，滑进她的袖口，我递过化妆纸。隔了几秒钟，她抬起头来，说了声谢谢，恢复了坚毅：

“医生说再过不多久，就会昏迷，可是我不信，我认为还能多活几年！”

◎

一位朋友老大未婚，每次有人问，他都说早料定要单身一辈子。

“我父亲前几年去世，大家都说不够长寿，其实已经比医生预言的多活了两年。”他说，“因为我去拜托了一位法师，在父亲床脚绑红线，作了法。事先法师就警告了我这么做，是惜自己的福气出去，就算不减寿，也要伤姻缘……”

“只要能让父亲多活几年！”他笑笑。

◎

去年春天返台，听说我的干姊姊常要去打点滴，才能有精神。追踪到医院，医生说早叫她去“台大”检查，她就是不去。

在我催促下，她去了，已经是肝癌晚期。

住在医院里，胀得不能弯腰的腹水和剧痛，使她彻夜难眠。旁边病床的人，告诉她西门闹市区有位肝病专家，或许能救。

我和干姊夫带她过去，行人徒步区，不得不下来走。她的脚肿，穿着拖鞋在地上擦着前进。

医生看了看检验报告，苦笑一下：“吉人自有天相，也见过这种情况，拖上好几年的，只是我恐怕帮不上忙！”

医生没收钱，但什么建议都不表示，我掏出“片仔癀”，问他怎么吃，他也摇头。

上车时，干姊十分困难地弯腰，坐定后，她看着窗外，突然一个字一个字地说：“我没有活够，我还要多活几年……”

◎

每当我不如意，都想起他们的话。心想：

有什么好看不开的呢？

只要能多活几年！

像今生一样美丽

虽然生病住院，妻仍然带去了那面心爱的镜子，放在床头。

每天早上，妻照样要梳头，即使手臂上吊着点滴，不方便，妻还是有条不紊地把头发梳顺。起初，编个盘在脑后的法国辫子，后来大概发现绑着辫子睡觉，头发容易掉，就把头发打散了。

即使是打散的头发，妻仍然要细细梳理一遍。并把脱落在梳子上的头发，一根根抽下来。

看妻举着梳子，把头发都梳落在床单上。他好几次过去帮忙，都被妻拒绝了。

“我的头发细，容易开叉，又容易掉，掉的头发多可惜！”妻一边梳着发丝，一边叹气。梳子弄干净了，又用手摸索床单上掉落的头发，然后一起交给他。

他便用双手小心地捧过，好像那些头发有几斤重似的，且把头发偷偷装进一个纸袋。

纸袋真是愈来愈重了，如同他的心情一般。

妻梳头的时间倒是愈来愈短，说一只手举着镜子、一只手梳头，实在太累。有一天，那镜子掉在床下，碎了。

他跑过去，蹲在床边，把碎片小心地捡起来，一面安慰妻："还好！镜框没坏，把手也没断，下午就去配块新镜面。"

"不用了！"妻喃喃地说，"照镜子累，买顶毛线帽戴吧！免得头冷。"

放射治疗的后期，妻常喊冷。他便总是把妻抱在怀里，一手搂着妻的头，一手抓着妻的手，再用自己的面颊，贴着妻的额头。只是他的泪常止不住地淌，淌湿了妻的脸，和着妻的泪，湿了枕头。

妻临去之前，他匆匆赶出去，又急急冲回床边，及时把那顶假发戴在妻的光头上。

"这不是假发，这是用你自己的头发做的。"他在妻的耳边说，"愿你的来生，像今生一样美……"

你等我　我等你

这是一个充满希望，也最没有希望的医院。

病人从各地赶来，把最后一点希望，交给了这里的医生。

候诊室里的景象是难以形容的。

有人默默垂着头，以仇恨的眼光盯着每只走过的脚。

有人不停哭泣，怨自己为什么这样倒霉。

有人高谈阔论，说这家医院有多么了不起，许多得这种病的人，都获得了完全的康复。只是，在他高谈阔论的背后，却掩不住自己的恐惧。

据说每三万人当中，才有一个人会得这种绝症。

据说每十个病人，只有一个能拖过五年。

这样渺茫的希望，谁能不恐惧呢？

只是今天，医院里的气氛似乎有些不同。

两个病人在初诊时认识，同病相怜地彼此鼓励，经过半年多，居然宣布结婚。

婚礼是在医院礼堂举行的，这个平常专办丧礼的地方，今天居然张灯结彩，好不热闹。

新郎亲吻新娘之后，做了简单的致辞：

“我从生病，个性就改了，不再那么躁，也不再那么功利。我常想，如果我的妻子没有得病，她的脾气会是什么样子？我会不会像现在一样爱上她？我也常想，如果我是病前的那个样子，她会不会爱上我？”

新娘笑着打断新郎的话：

“我肯定，如果我们两个人都没得病，我们不会相爱。我也肯定，而今在这世界上，没有比我们更适合在一起的恋人。”拉了拉新郎，她笑得很娇羞，“我们剩下的油不多，能走的路也不长。我们只想用这一点油，开短短一程路，看看风景、做个伴侣，然后在不远处，你等我！我等你！”

第三章

爱是偷偷的陪伴

每一个孩子，从出生，就是独立的个体，不是父母的所有“物”。那么，就让那孩子立于天地之间，由阳光、大地和每个人去爱他吧！

爱是偷偷的陪伴

到福州参加祖国大陆的全国书展，一个出版社的老板开车带我四处跑。

“今天下午没活动，我就不陪你了，因为我得回家陪陪我娘，让我娘看我几眼。”有一天中午，他对我说。

“好极了。”我笑笑，接着好奇地问他，“为什么先说你回去陪你娘，又说让你娘看几眼，不说你去看你娘几眼呢？”

“这不一样啊！”他做出一副很有理的样子，“我把自己的事放下，专程回去，当然是去陪她。可是，我并不想看她，是她想看我，所以我是把自己送回去，给她看两眼。”

◎

隔几天，到了北京，跟个朋友提起这有趣的事。

“你陪他还是他陪你，你看他还是他看你，这中间是大有学问的。”朋友居然也发表了宏论，“就好比我最近新买的房子交屋了，我对我爸爸妈妈说：‘一块儿来住吧！这边房子大，又新又舒服，让我陪你们二老享几年福。’你猜我妈怎么说？”

我摇摇头。

“她说她不用我陪，她有一堆邻居陪，一点都不寂寞。”他耸耸肩，“后来，还是我爸爸会说话，对老太太说：‘不是要她陪咱们，是咱们去陪她。这个老姑娘，没结婚，又是工作狂，咱们要是不陪着她，她非短命不可。’我妈想想，才答应。”

◎

到北京大学去演讲，走在校园里。

“真漂亮，尤其这些大树，真是‘有乔木之谓也’。”我说。

“您到新生入学的时候来看，更有意思！”一个学生接过话，“大树底下全睡了人，老头儿、老太太都有。”

看我不懂，他继续说：

“都是从全国各地陪孩子来念书的，好多父母从乡下来，把攒的那点钱全给了孩子，舍不得住旅馆，又舍不下孩子，干脆就往大树底下一躺。躺在这儿陪孩子，多近！”

“问题是，能躺几天呢？下大雨怎么办？”我说。

“是啊！”学生们一笑，“而且孩子也不会让他们躺，多丢人哪！说是老的陪小的，小的能放心吗？总得从宿舍里跑出来看老的，到后来，哪里是他们陪孩子？根本是孩子在陪他们！”

◎

一个台湾地区的朋友陪女儿到美国上夏令营。

“那营好奇怪啊！居然不准家长给孩子打电话，”没出发，做母亲的就跟人抱怨，“要跟孩子联络，只能写信。信到了，也已经周末，是孩子可以出来的时候了。”

于是，听说那妈妈就住在夏令营附近的朋友家，每天守在家里。到周末孩子可以出营的那两天，只见她看到孩子时搂着哭，送孩子回营时又搂着哭。孩子原本很兴奋地去夏令营，看到妈妈哭，自然也跟着哭，又因为放心不下妈妈，后来竟然说不想回夏令营了。

◎

跟这妈妈比起来，中国旅欧作家欣然写的《中国好女人》中的那个拾荒妇人就高明多了。

那妇人住在离欣然的工作单位不远的地方。有一天，欣然从她门口经过，听见垃圾婆正哼着俄国民谣，于是好奇地跟垃圾婆聊起来。

原来，垃圾婆的丈夫留学俄国，早死，丢下一对母子。垃圾婆在绝望的时候，曾经想带着幼小的儿子一起跳江，总算一念回转，千辛万苦把孩子带大。

但是，欣然问到她儿子的近况，垃圾婆都不说。

直到有一天，欣然参加一个市政新贵的酒会，看见女主人拿出的俄国巧克力，竟然是她不久前送给垃圾婆的礼物，这之后她才发现原来那市政新贵正是垃圾婆的独子。

垃圾婆为了能在每天清晨看见去上班的儿子，却又不希望打扰孩子的生活，只好骗儿子自己留在乡下，却又偷偷住在离儿子不远的角落。

◎

垃圾婆令我想起以前在台北的一个邻居。

一对富有的夫妇，有个活泼漂亮的小女儿，每天早上都看见他家的女佣送孩子上学。

但是有一天，孩子病了。两夫妻脸上的笑容不见了，连那女佣也露出失魂落魄的表情，匆匆忙忙地买菜，匆匆忙忙地回家，又匆匆忙忙地出门，说是去医院陪她家的小姐。

“多亏有这女佣，跟孩子处久了，有了感情。”那家的女主人有一天对我母亲说，“孩子肾不好，不但不能吃盐，连很多水果都不能吃，全赖我们家女佣一样一样选。”

小女孩后来奇迹似的痊愈了。奇怪的是，女佣不见了。

我后来才听说，小女孩移植了肾脏，那时候抗排斥的药还不先进，非要近亲捐肾不可。她妈妈要捐，医生说不合，最后由女佣捐出了一个肾。

女佣说出了秘密——她是那对夫妇领养的小女孩的亲生妈妈。

小女孩不知道，高高兴兴地又由新女佣牵着去上学。她恐怕一辈子也不会知道，只约略记得有个很疼她的女佣。

◎

想起听朋友说的另一个故事——

从女儿小时候起，就每天陪读的妈妈，虽然女儿上高中了，还是陪到深夜，帮女儿拧好毛巾、挤好牙膏，看女儿刷完牙上了床，为女儿盖好被，亲一下，道声晚安，再为女儿熄了灯，才去睡觉。

但是接连几天，那妈妈半夜起床，看见女儿卧室灯居然是亮的。终于忍不住，去敲门，才惊讶地发现女儿还在念书。

“你不是睡了吗？”妈妈问。

“没有啊！”女儿答。

“我刚才不是为你盖被，还亲亲你，跟你说晚安，为你关灯吗？”

“是啊！”女儿回头一笑，“那是我陪你睡的啊！我看你安心了，去睡了，再起来读书。”

◎

最近，我心里常浮起那几幕——

跑回家让妈妈看几眼的儿子、搬去女儿家住的老夫妇、北大校园里睡在大树下的父母、住在夏令营外守着女儿的妈妈和半夜又开灯读书的女儿，还有那少了一个肾的女佣。

是谁陪谁呢？

是我们在牵孩子，还是渐渐地，我们老了，不知不觉地把手搭在孩子的肩上？

我们说自己是在陪孩子，也自认为在陪他们，岂知道孩子长大了，已不是他们离不开我们，而是我们离不开他们。

我们是不是都该学学那垃圾婆，为了给孩子多些自由与空间，刻意保持距离，躲在远处。给孩子一些偷偷的祝福与陪伴？我们是不是也该学那女佣，偷偷陪着孩子，为她奉献、为她牺牲，然后偷偷地离开？

你恨你的亲人吗？

伟大的姐姐

1997年5月，就在我去马来西亚演讲之前，我接到当地一个女孩子的来信，里面附了一叠资料。细看，是医师的诊断证明，证明她得了血癌。

“我很想去听您的演讲，但是因为要动手术，不能去了。”女孩子在信里描述了病情，以及她痛苦的生活。说到她从小就被姐姐欺负，似乎对那姐姐充满怨恨。

看看日子，正是她要动手术的前几天，我立刻拨了越洋电话过去，是她自己接的。

我问她动什么手术。

“骨髓移植。”她说。

“你能找到跟自己条件相符的捐赠者，已经很不容易了。”我说，“是谁呀？”

“是我姐姐。”

“就是你信里提到的，从小总是欺负你的姐姐？那个让你抬不起头的姐姐？”我问。

“是，就是她。”

“她知道捐骨髓要在骨盆上打好多洞，一点一点抽骨髓出来吗？”我又问，“她知道那是非常痛的吗？”

“她知道。”

“是她自己愿意，还是你求她的？”

“她自己愿意。”

“所以，你知道她是爱你的。”

隔了好几秒钟，女孩子没说话，然后幽幽地说：“是的，一直到现在，我才知道她爱我。”

伟大的父亲

这件事让我想到一位与我通信多年，住在台湾南部的女孩子。

她天生身体不好，使得学业断断续续，也就常给我写信诉苦。

她尤其怨她的父亲，觉得父亲总在外面为事业忙，每天穿得西装笔挺，早出晚归，难得跟她说几句话。

我总在回信中劝她，说天下没有不爱子女的双亲，只是每个人表达的方法不同罢了。

有一天，又接到她的信，大意是这样的：

“那天，我在家晕倒了。醒过来，人在医院，身上插着管子。我张开眼，看见老爸坐在一边，还穿着西装、打着领带。我好气，骂他：‘我都要死了，你还没事似的，根本不关心我。’爸爸没吭气。然后，我看到护士在擦地上的血迹。我吓一跳，叫起来：‘我流血了？哪里流血了？’护士过来，指了指我爸爸，说：‘不是你，是他。他叫不到车，抱着你，跑了十几条街。’我低头看爸爸，才发现他虽然穿着西装，脚上却没穿鞋子。他急着救我，居然连鞋都来不及穿，光着脚，抱着我，跑到医院。他的脚被东西割到，还在淌着血。”

失礼的女儿

我有个朋友，早早就离了婚，唯一的女儿跟着他的前妻。

他很想女儿，但是前妻不准他探望，他只好常去女儿学校附近张望。

女儿念的是私立女校，深门大院，又因为住校，不容易见到。有一天，他总算说通学校，在下课时进入校园。

他看到了日夜思念的女儿，女儿正跟同学在走廊上说说笑笑。抬起头，看到许久不见的父亲。当着整个走廊上几百位同学的面，他的女儿居然指着他吼道：

“你来干吗？你给我滚出去！”

可怜的父母

这么多年来，接到许许多多读者的来信，也见到许多身边的例子。我发现，不知是因为中国人不善于表达自己的爱，抑或叛逆期的孩子，总怀疑亲人的爱，有许多年轻朋友，居然仇视自己的亲人。

当辛劳的父母早早起床，为孩子准备了早餐。却可能碰上孩子的“起床气”，看都不看一眼，只撂下一句：“我不吃！”就砰的一声，冲出门去。

当辛劳的父母赶得满头大汗，把车开到学校门口，却可能遇上一双愤怒的眼睛，砰的一声，坐进车，对父母吼：“同学都走了，为什么你迟到？”

许多年来，也不知有多少父母来对我说：“我的孩子居然在学校对他老师说我恨他、讨厌他、不关心他。”

然后，当他们接受我的建议，多表现些对孩子的关心之后，换来的却可能是——狠狠瞪一眼：“你少肉麻、少假了好不好？”

偷偷走到你床边的身影

各位年轻朋友，你的父母真会恨你、讨厌你，对你肉麻、作假吗？

他们可能为了保护你，而去恨别人、讨厌别人；也可能为了赚钱，让你过得好些，而对别人肉麻、作假；他们甚至可能去骗人、去害人，只为了他们自私，急着想让自己有个富裕的家。但是，他们不会害你，他们即使骗你，也只为爱你呀！

他们可能为了事业，而忙得无暇跟你说话；他们可能因为个性不合，而终日争吵；他们可能有着严重的人性弱点，他们也可能俗不可耐。但是，他们跟你的血亲关系永远无法改变。

在他们拖着疲惫的身躯归来时，你可能已经睡了，不知道他们曾经偷偷走到你的床边；当他们分道扬镳，你可能跟着一方，不知道远处总有颗想你想得垂泪的心。

分享同样记忆的人

各位年轻朋友，你的兄弟姐妹真会恨你、讨厌你、排斥你吗？

这世上确实有许多阋墙和争产的手足，但我认为那是因为外来的诱惑，一时掩盖了他们的良知。也可以说因为上天没有给他们一个机会，像是那个为救自己妹妹而抽骨髓的姐姐，表现出手足之爱。

想想，如果有一天你正和兄弟姐妹不高兴，突然碰上外人来欺侮你的手足。你是会袖手不管，还是为保护自己的亲人一战？

当有一天，你们的父母去世了，是谁会跟你站在一起，擦着泪水，伤恸欲绝？他们为什么跟你一样伤心？因为他们与你有着一样的记忆、一样的亲情、一样的历史、一样的出身。

每次有年轻朋友怨他的父母、手足，我都说这段话。今天说给你听，希望你能记在心上。

偷偷死去的父母

中国台北一对邻居老夫妇，有个在美国行医的儿子。几乎每次在大厅里遇到，都听见他们在跟管理员或其他邻居谈宝贝儿子。

去年，老夫妇终于移民到美国跟儿子住。可是才去半年，就回来了，说在那里住不惯。

有一天，在电梯里遇到老太太，我提到女儿的高中功课好辛苦。她居然叹口气，拍拍我，说别让孩子太辛苦、别让孩子太成功，孩子一成功就飞了，等于没有了孩子。又说他们老两口住在儿子家半年，连一席话都没跟儿子好好说过。有一回，老头子身体不舒服，早上跟儿子到医院去，看完病，找不到儿子，说在手术室。老先生就坐在医院的大厅等，等到晚上七八点钟儿子才出现，他居然说忘了爸爸还在医院。

我问，为什么不叫儿子回来呢？台北正缺他这种脑科手术的权威。

话还没说完，老太太就一挥手："那怎么成？！"

◎

纽约的一个学生，父亲在中国台北病危，不得不赶回去。但是人到台北，老父大概因为高兴，病情好转，出院了。

这学生很高兴地回纽约，上班没几天，却接到台北弟弟的电话，说老父又病危了。他只好放下工作，再赶回去。

戏剧性的是，他才到台北，老父的病情又好转了。他待了两个星期，纽约的事业忙，不得不走。

临别，他老父居然躺在病床上向他道歉，说对不起他，没及时死掉。

又过不久，老先生死了，没通知这位在纽约的大儿子，草草火葬，连公祭都没办。

学生后来对我说，爸爸遗言交代这么做，是为了不要他再赶回去。

◎

想起学生时代读过的《慈乌夜啼》——"昔有吴起者，母殁丧不临。嗟哉斯徒辈，其心不如禽。"

查书，知道吴起是卫国著名的军事家，被楚王拜为相国。他严明法令、惩罚贪渎、礼遇战士、拔擢贤才，又南平百越、北灭陈蔡、打败西秦，使楚国威震诸侯。

读到这儿，我想：

古人不是说“移孝作忠”，又讲“莅官不敬非孝也，战阵无勇非孝也”吗？这吴起“莅官敬”而且“战阵勇”，怎能说是不孝呢？

话说回来，如果问他病危的母亲，是希望他回家见最后一面，还是宁愿他留在楚国造福万民？只怕吴起的母亲也会像我那学生的老父一样，宁愿偷偷死去。

◎

想起小时候上的礼拜堂里，有位富甲一方的教友，教会里的许多《圣经》都是他奉献的。常听见牧师要他多参加祷告会，多到教堂做见证，因为他的成功是天父赐给的，他要感恩，要来见证天父的大爱。

有一天，那人大概被逼急了，回了牧师几句：

“是啊！是天父使我成功，我的成功是好的见证。问题是，如果我天天来拜天父，把我的事业都耽误了，我失败了，还是好的见证吗？而且，天父爱我，是会只盼我天天来感恩，还是希望我更成功，更有能力侍奉？”

◎

太太常赞美我对她娘家很大方，对她的父母很孝顺。

但是赞美完，八成会加一句：“不过，你年轻的时候很小气，对我娘家尤其小气，好像总防着我拿钱回娘家。”

她的话一点都没错，我年轻的时候穷，她嫁给我的时候，我还住在铁道边的违建区里。每次陪太太归宁，都要在岳父母家好好泡个热水澡，因为那时候我家连浴缸都没有，只能用勺子舀水往身上浇。

所以，我努力赚钱存钱，也要家里每个人尽力，连三岁的儿子，都得帮我包书，再由我们夫妻提去寄。

而今，岳父岳母在美国跟我生活已经快二十年了。他们也常很客气地说，谢谢我给他们这么好的环境，能够多活几年。

只是每次他们这么说，我都想：如果他们不是长寿，而早早离开这个世界，对于他们而言，我就只是个把他们宝贝女儿抢走，去过苦日子、做苦工的浑小子。

◎

看到成龙上中央电视台的《艺术人生》节目。

主持人问成龙：你今年五十岁了，觉得对家庭该用怎样爱的方式？

成龙感慨地说：

我是一个孝子，还是一个不孝子？比方说，我妈妈病了三年，如果我哪儿都不去，就坐在她旁边，或帮她按摩。（是不是就表示孝？）而我今天没在她身边，我在外打拼算不算孝顺？那时候，我刚做导演，一天来个电话，说我妈妈刚刚去世了。

我把电话一挂，继续干活，没有人知道。回到酒店，一个人躲在房间大哭一场……

看到这儿，我的眼前浮起一个老妈妈的影像。

当成龙在剧校学习的时候，妈妈常提一桶热水，搭巴士、坐渡轮去学校，让儿子能洗个温水澡。

成龙成名后，她虽然还在澳大利亚做清洁工，但把成龙的照片挂满卧室，常过去亲一亲。

但她不敢去片场，因为怕见到爱儿受伤。她总叮咛成龙的话，就是注意安全。

老妈妈中风，卧病六年，她对成龙说，如果还有一点力气，一定要自杀。

成龙没在病榻前送终，但我猜他的老妈妈可能宁愿如此。如同我那学生的父亲，为了不影响儿子的事业，而选择偷偷死去……

今夜会不会是最后一眼

今天傍晚，我们在院子里玩飞盘，奶奶坐在旁边看。

突然，妈妈叫大家吃饭。

你把飞盘一扔，就冲向屋里，奶奶则拄着拐杖跟在后面。我大声把你叫住：“给奶奶拉着门！”

又要你站出来，站在外面，把门拉得大大的，等奶奶走进去。

你嘟着嘴说肚子好饿，又怪奶奶走得太慢，让蚊子都飞进去了。

我则对你说：“奶奶九十一岁了，她能自己走，已经很不简单了。”

◎

可不是吗，这世界上有几个人能活到九十一岁？

你前几天不是还抱着你妈妈掉眼泪，说等你到了妈妈爸爸这么大，妈妈爸爸都要九十了。又说："九十岁，好多人都死了。"

那时，妈妈对你说："谁让妈妈这么晚才生你呢？所以，爸爸妈妈都要好好保养，活到九十岁，陪着你。"

现在，你想想！

奶奶不是也很晚才生爸爸，爸爸不是好幸运，能有你奶奶陪到现在吗？

同样地，如果爸爸妈妈都活到九十岁，而且跟你一起住，你的小孩会不会嫌爸爸妈妈太老、太慢呢？

如果他们嫌，你会不会说他们？

这就是今天爸爸说你的原因了。

◎

中国人常讲："家有一老，如有一宝。"意思是家里能有个老人，就好像有了一个宝贝，因为他们能帮许多忙。

其实，你小时候就是由婆婆和奶奶带的。那时候，妈妈上班，每天一早，婆婆就和奶奶把你的小床从我们的卧室推到客厅里。在那儿看着你玩耍、喂你吃东西。

只是这些你都不可能记得，这世界上许多小朋友不喜欢爷爷奶奶、公公婆婆，觉得老人家是累赘，都因为当那些小朋友被老人照顾的时候，他们还太小，记不得。

相反地，当小朋友懂事的时候，爷爷奶奶又已经太老，于是惹得儿孙讨厌。

这些老人不是太可怜了吗？

◎

记得前年，我们一家，带着将近九十、八十、七十的奶奶、公公和婆婆，一起去巴哈马玩的时候，你哥哥就曾经抱怨，说到那种年轻人玩的地方，带老人家，真煞风景。

他甚至等大家回船之后，又一个人跑出去逛。

可是，你有没有看到，昨天哥哥特地跑进奶奶房间，把奶奶该洗的衣服都掏了出来，抱到地下室去洗？

你又有没有注意到，奶奶一边骂哥哥，说哥哥嫌她老了、臭了，一方面又显得好高兴？

◎

老人就是这个样子。

你希望爸爸妈妈抱抱，因为拥抱使你有安全感。

老人也希望被抱抱，因为他们老了、弱了，也需要安全感。你会撒娇，他们也会撒娇，目的是吸引人注意。

当他们知道年轻人注意他们、照顾他们的时候，也会特别高兴。

或许有一天，你会跟你美国的同学一样，说该把奶奶、公公和婆婆送进老人院，由政府照顾，免得一家人的幸福都被拖累。

但是，你也可以这么想——当别人留不住老人的时候，我们能留住他们，照顾他们，真是我们的光荣。表现我们有“爱心”，也有“能力”照顾他们。

如果不是一家团结、和乐，又有爱心，怎么能照顾得了风烛残年的老人呢？

◎

“风烛残年”，这个中国成语，你大概没听过，它的意思是“老人就好像蜡烛的小火苗，在风里，随时都会熄灭”。

奶奶不正是这样嘛！你不要以为她还能跟你有说有笑，甚至玩“躲猫猫”，她就能永远这样。

你很可能发现哪一天，救护车来，抬走了奶奶，你就永远见不到她了。

你有没有发现，当奶奶早早去睡觉，晚上九点多听见你弹琴，她还会起来看看你？

看着她满头白发，身上带着尿臊味，慢慢地蹭到你的钢琴前面。你好几次说她吓到了你，又嫌她打扰。

但是你再想想，会不会因为奶奶心里知道，随时都可能一睡不起，而希望多看你一眼呢？

她每次看你，都可能是最后一次看你，也可能是你最后一次看她啊！

◎

孩子！你要知道：

没有奶奶、公公和婆婆，就没有爸爸和妈妈。

爸爸妈妈小时候，跟你一样，希望他们能活得长长的，陪我们。

如果你希望爸爸妈妈也能活到很老很老，你就要用你爱奶奶、公公和婆婆的行动来证明——让爸爸妈妈知道，即使有一天我们老得不能动、老得会尿裤子，你还是会爱我们、照顾我们。

而且，你会教你自己的小孩，爱我们，如同爸爸现在教你要爱奶奶、公公和婆婆一样。

一生能有几个家

一位多年不见的朋友，突然打电话给我，说他的女儿将到纽约来巡回演唱，因为车上装了很多贵重的器材，不方便住旅馆，能不能在我家住几天。

“就是那个跟我玩过飞盘的小丫头？”我问，“已经巡回演唱了？”

“是啊！二十七岁了，唱乡村民谣，还有点小名气呢！”

女孩子来了，请她在餐馆吃饭。

“这次一共安排了十七站，由南到北一路演出，还有四场就结束了。”女孩兴奋地说，“就可以回家了，好高兴！”

“你爸爸妈妈一定也会好高兴。”我说。

“噢！不！”她笑着摇摇头，“不是回我爸爸妈妈的家，是回西雅图的家。”

我怔了一下，问：“你结婚了？”

“没有！”她缩缩脖子、摊摊手，又一笑，“但是我有个男朋友，在西雅图。”

当天晚上，我睡得很晚，因为儿子也正好结束马来西亚的巡回演讲，回到纽约，我们得为他等门。

飞机十点半才降落，算来到家总要一点多了。

“儿子跑了那么大一圈，没病，演讲又成功，我很高兴。”我对妻说，“相信他也有如释重负的感觉。”

电视里正播出克林顿总统到中国访问结束，回到美国的画面。我指着电视说：“你看！连克林顿都表现出了那种‘回家真好’的感觉。”

“回家当然好，有吃有住，又能睡大觉，什么都不用操心。”妻淡淡地说。

我却心一惊，想到正在家做客的女孩子，对妻说：

“可是，在儿子的心里，会不会觉得这里是家呢，还是他在波士顿的家是家？他在那儿有女朋友，是不是那里就成为家了呢？”想想，又说，“当他旅行的时候，会不会想家？他又是想哪个家呢？”

我住的地区，有不少“空中飞人”。

虽然那些男人号称“家长”，但是孩子一年见不到他们几天。

他们的事业都做得很大，常在世界各地跑。像我的一位近交，就总是到中国去买丝，拿到意大利染织，再送到法国剪裁，然后运回美国卖。

由于他在每个国家都有工厂，所以跟他聊天，只听他不断说“我回中国”“我回意大利”“我回法国”“我回美国”。

有一天，我好奇地问：“你每个地方都是‘回’，请问，哪里是你真正的家？”

“当然是这里。”他指了指脚下。

“但是，你一年只怕留在家里不超过三个月呢！”我说。

他歪着头，想了想，笑起来：

“可不是嘛！”接着面色一正，说，“但是家就不一样。你不能用待的时间长短来衡量对家的感觉。你看！那些在曼哈顿上班的人，有时候早出夜归，在外面比在家的时间长多了，家还是家啊！你的心在哪里、情在哪里，哪里就是家。”

◎

九十一岁的老母突然对我说：

“我想回台湾，我想家了！”

我吓一跳，问她：“这里不是你的家吗？”

“是我的家！”老母幽幽地说，“可是，弟弟、妹妹都在台湾，那里也是我的家。我想他们，我想回那个家了。”

“你还有一个妹妹在上海，上海也是你的家喽？”我又问。

“对！如果身体好，我也想去看你二姨。上海我住过好多年，那里也是我的家。”

我在老母身边坐下，忧心忡忡地看着她，说：“但你已经九十一岁了，前年去佛罗里达，才飞三个钟头，就累病了。如果再飞十六个小时，只怕得抬下飞机……”

老人一笑：“抬下来也好，我就真回家，回老家、回天家了！”

有个学生的父亲，七十岁了，还如同年轻时，是个老“花花公子”。

“你爸爸还常不回家吗？”有一天我问学生。

“您应该问：‘他还常回家吗？’”学生笑笑，“他偶尔回来。一进门就要吃要喝，吃完喝完了，就去睡大觉。”学生露出鄙夷的表情，“那不是回家，是回旅馆！睡饱了，又跑了！”

不久前，那男人病了，回到家就病倒在床，躺了三个多月。

总听学生说带父亲去看病，母亲不但白天喂饭，夜里还要扶父亲上厕所。

起初，学生还露出鄙视的表情，瞧不起这个不负责任的爸爸。但是，渐渐地，她的态度改了。

有一天，她慢慢沉沉地对我说：“我发现，爸爸还是把家当家的。他就像是一艘船，扬着帆到四海游历，每个港，他都停泊。但是，当有一天，他的船坏了，要沉了，他会拼着命赶回‘自己的海港’。只有那个港，才是他心中真正的家。”

“他为什么非赶回那个港呢？”

“因为只有他家乡海港的人，才会收留他这艘破船；只有他家乡的人，才清楚那条船，可以为他修理。”

◎

这世界上什么地方是我们真正的家？

小时候回家，是回爸爸妈妈的家。

渐渐地，我们大了，出去念了书，做了事，有了自己的宿舍。我们每天回一个家，逢年过节回另一个家。

两个家都是家。

再过些年，我们有了恋人，有时候不住在自己的家里，睡进了恋人的家。

下班，我们糊涂了，不知该回自己的宿舍，还是去恋人那儿。宿舍里什么东西都是自己的，却好孤独，不像家。

想想远处的父母，那里不孤独，应该像家，却又不如恋人的那扇小门那么吸引我们。

然后，两个人把东西凑在一块儿，创造了共有的天地，创造了共有的娃娃，世上再也没有什么地方比得上这个家。

我们可以做“七海游侠”，可以登上圣母峰，可以下到吐鲁番盆地，可以进入亚马孙雨林，可以横过撒哈拉沙漠，但是，在多么酒酣耳热、声色犬马之际，我们总明白自己有个“真正的家”。

只是，家中的孩子，迟早会有他们自己的家，不再把儿时的家当作“真正的家”，如同我们年轻时一样。

家里的另一半，也可能先离开家。

剩下那个单身的老人，踽踽独行，心中说：“我要回家！”

家在哪里？是那个满藏记忆，却冷冷清清的房子，还是尚在人间的“手足的家”“子女的家”？

◎

一生，我们换过多少家？

恐怕只有到那么一天——

世间再没有一个能修我们这条破船的家时，这“换家”的游戏才会结束。

我们到达最后的一个家——天家！

那一定是个非常温馨的家吧！因为再没见过哪个浪荡子“离家出走”。

于是，我想：当我们敲天家的大门，打开来，必定正有一群亲友等在那儿，给我们欢迎的拥抱，并为我们缝缀破了的帆、伤了的心、沉了的船和死了的爱……

戒指的心意

每次看到别的太太过生日或结婚周年，戴着先生送的新戒指、新耳环，王太太就羡慕得要死。

王太太的首饰绝不比别人差，甚至可以说要高级得多。逛珠宝店是王太太最大的嗜好，只要看见哪家太太戴了件新首饰，王太太一定去买件更好的，然后大摇大摆故意亮给对方看。

“比我的好太多了！”对方瞪大眼睛问，“谁给你买的啊？”

前面那句话固然是捧，后面那句可就说到王太太的痛处了。

“我自己买的！”王太太表面潇洒，心里可不是滋味。她常想，为什么人家的老公没赚几个钱，却会为老婆买纪念品，我家的丈夫月入斗金，却忙得连结婚纪念日都从来不记得，更甭说买东西了。

“我给你钱，折现！好不好？”

每一次王太太提起自己的感慨，王先生就那么煞风景。钱！钱！钱！多没情调！？他为什么不能像文艺小说里描写的，偷偷把一朵玫瑰花，留在老婆枕边，附带一张可爱的小卡片。那多美！

“礼物的轻重，不是用钱来衡量的。最重要的，是送的人有没有心。”王太太有一次生气地说，“要是有一天，你死了，也该让我有些东西，能够睹物思人哪！”

“如果我死了，给你留下钱，不是更实际吗？”

王先生居然盯着手里的报表，连头都没抬。

王太太彻底失望了，谁让自己嫁给这块木头？王先生是工作狂，心里全是生意。当他出国，看见新奇玩具，不会想要买给孩子，只会说回国仿制能发财。

有一回，两个人走在街上，看见一件新款女装，料子、手工、设计都好，王先生一把抢过去，王太太以为丈夫要付钱，正高兴，却见王先生翻了翻领子后面的商标，又给挂了回去：“果然不出我所料，是老李做的！”

你说王太太吐血不吐血？

可是今天，王先生提早下班，一进门就把老婆拥入怀中。吃完晚饭，一家人去看了场电影。孩子睡了之后，王先生居然神秘兮兮地从手提包里摸出个东西，给太太套在手指上。

王太太感动得哭了！兴奋得整夜睡不着。

王先生也翻来覆去。突然伸手过来，把妻子搂在怀里。许久，许久，王先生低低地说：

“最近公司体检，报告出来……”

哭电视

将出嫁的女儿开始搬家。先提走了三箱衣服，再拿出一盒化妆品和两个枕头、四个玩偶。最后，搬走了自己房间的小电视。

一直为女儿拉着门的母亲，看见小电视，突然掩面而泣。

女儿呆住了，匆匆把电视放下，过去安慰母亲：“妈！你怎么了？”

“我看到电视，忍不住了！”

“电视？”女儿不解地说，“那是我自己买的啊！”

“我知道，我只是哭电视，不是哭你拿走电视。”母亲又抽搐了一阵，平静了，缓缓地说，“你小的时候，我们穷，没有电视，一家人总坐在客厅聊天。然后，买了电视，一家人还是聚在客厅，虽然眼睛都盯着电视，但在广告时还能聊几句。后来，你们都大了，买了自己的小电视，吃完饭就躲进房间，看自己喜欢的节目，不过我还能从门缝里看见你们。”沉默了一下，母亲摇着头、咬着唇，“而今，你老爸迷上卡拉OK，整夜不回家，在外面盯着电视唱。至于你搬家，妈为你织的毛衣，全留在柜子里。妈送你的，亲手画的画，也留在墙上，却没忘记拿走这小电视……”

女儿愣住了，想到过去二十年的种种，突然紧紧抱住母亲，相拥而泣。

父与女

怀特医生放下电话，就急急地冲出诊所。老病人没有一个抱怨，只是摇头：

“他那个宝贝女儿莎丽又出事了！无怪这个老爹气急败坏地离开！”

镇上无人不知怀特有个令他头痛的女儿，三天两头因为吸毒、打架被抓。老伴早早过世，怀特工作忙，回家只知道用溺爱来补偿，出了错又没头没脑地打骂，这些可能也是孩子变坏的原因。

那孩子怕怀特到了极点，有一次被父亲保出来，大概是处罚重了，逃出家失踪了十几天，成为社区报纸的头条新闻。

怪不得诊所里的病人交头接耳地说：“这下保出来，又不知道要怎么处罚，可别再上了报！”

大家是猜错也猜对了。

第一，警察没让怀特保女儿出来，却把怀特留在了警察局。

第二，怀特和他的女儿都上了报——

“莎丽控告父亲乱伦，怀特医生面临起诉。”

不啻一颗原子弹，在这平静的小镇爆炸了。

“可怜的莎丽和她那变态的老爸住在一个屋檐下，已经过了这么些年的噩梦生涯。”

“五十多岁的中年男人，就带着那么一个十几岁的女儿，又不再婚，根本就是有毛病！”

“只怕怀特的老婆就是因为知道乱伦，而被活活气出心脏病死掉的！”

“天哪！我们家的丫头都是找怀特看牙，没吃亏吧？”

每个有十几岁丫头的人家，都盯着女儿问：“怀特那老色鬼，有没有对你怎么样？”然后在知道没事之后，猛感谢老天。连老头子都少不得问他们的老伴：“喂！他没吃你豆腐吧！”

所以，怀特虽然因为证据不足，没有被起诉，但他的诊所却门可罗雀，只有些大胆的糟老头子偶尔去光顾。

怀特一下子缩小了，当他佝偻着闪过巷口，没有人认得出那是当年雄赳赳的怀特医生。

◎

怀特死了。

他失去联络多年、已经结了婚的女儿，居然得到消息后，老远赶到，参加了老爸的丧礼。

当怀特的棺木缓缓垂入墓穴中时，他的女儿尖叫着冲出人群，扑倒在草地上号啕痛哭：

“爹地！爹地！我对不起你！只怪人们宁愿相信我的谎言，也不相信你！”

早餐的温馨与苍凉

酸豆汁儿

太太和女儿第一次去北京，好多亲戚抢着请吃饭，连早餐都不准我们在旅馆用免费的，坚持要带去吃点正宗“京味儿”的点心。

餐馆的名字忘了，大概叫什么“老北京”吧！古色古香，晨光斜斜射进来，桌子上显得坑坑洼洼，四周腾腾的汤水蒸气、肩上搭着白毛巾的跑堂儿穿梭，好像电影里的场景。

先上茶，又端来几盘小烧饼，女儿正伸手要拿，亲戚说别急，等会儿配着“汁儿”吃，免得口干。正说呢，就上来几碗绿绿白白豆浆似的汤水。小丫头问是什么，亲戚说：“好吃极了，你以前一定没吃过，人间了不得的美味。”一边说一边拿起照相机，说要留个纪念。

小丫头对着镜头笑笑，端起碗，才啜半口，啊的一声又吐了回去。闪光灯亮，半桌亲戚笑得前仰后合：“成！拍到了精彩的画面，没白来这一趟。”

北京人的促狭，我早领教过。小时候，有天早上，父亲一个姓袁的晚辈，神神秘秘地提了桶东西来。我姥姥先舀了一碗，躲回她房间偷偷喝。我娘尝了一口，说真是家乡味儿。我爹更妙，居然坐在桶子前连灌了两碗。看我出来，姓袁的大哥哥赶紧给我盛了一碗，说：“小兄弟，非尝尝不可。”

跟我女儿一样，我那天也才喝半口就吐了出来，而且拿着碗往水槽冲，说东西坏了要倒掉，却被我老妈抢下来，骂我暴殄天物，我不喝她喝。

那碗又浓又绿、又酸又臭、活像猪溯水的“酸豆汁儿”，我一辈子也不会忘。

馓　子

女儿后来说，那“酸豆汁儿”真恶心，但旁边放的一盘小油条，细细的、脆脆的，挺不错。

我说那叫“馓子”，跟油条一样是炸出来的，也是我小时候的最爱。

记得有一阵子，每天我的早餐都吃馓子，偶尔还带着上学，只是馓子又酥又脆，带到学校常已经碎得不成样子了。更糟糕的是，只要掉在本子上，就留下油渍，害我被老师骂。

馓子是附近的馓子爷爷做的，据说他以前在东北干过铁路站站长，到台湾走投无路，只好卖炸麻花和馓子。

父亲大概知道他的出身，对他很尊敬，每次听见他的沙哑嗓子喊“馓子！麻花！”都亲自出去跟他买，还总要聊聊天。日子久了，馓子爷爷干脆每天按时把馓子送上门，笑说我们家是包饭的。

我喜欢吃馓子，因为它不像麻花那么粗粗硬硬，而能够一小丝一小根地往嘴里塞。上课时偷吃，甚至不用嚼，只要抿着嘴，那小条儿自然会软化。我也喜欢吃新炸馓子的感觉，张开大口咬下去，就听咔啦咔啦一部分入了口，一部分向四方坠落，最后把坠落的拢在一起，倒进嘴里，别有一番乐趣。

也记得父亲曾带我穿过泰顺街又长又窄、满地泥泞的违建区小巷，去看馓子爷爷。小小的只容一张床和一口锅的屋子里，四壁贴满报纸，中间坠下一个小灯泡。馓子爷爷请我跟父亲在床上坐，接着又要我们把腿抬起来，从床底下拉出个大盆，里面全是油面。只见他把面不知怎的左拉右拉，有点像做拉面，扯出一丝一丝的面条，再用长筷子夹住两头，往热油锅里一放，而且在进锅的瞬间把筷子一绞，那面条就纠缠起来。再出锅，已经是酥酥脆脆的馓子。

我九岁，父亲去世后，就不曾再吃过馓子。最后一次是在父亲的病床前，馓子爷爷送了一大包过去，父亲摇摇手，示意母亲和我吃。我们就各自在腿上垫张报纸，我不记得自己是怎么吃完的，只记得母亲咬了一口，馓子撒了一报纸，还滴滴答答地不停，是母亲的泪水。

稀饭、肉松

这两年坐“华航”，最爱他们的中式早餐——稀饭、酱瓜和肉松。我每次都很干脆地把肉松唰的一下，全倒进稀饭里，拌成一碗肉松稀饭。

这动作让我觉得很温馨，因为想起小时候父亲都为我这么做，说热稀饭加上肉松就不那么烫嘴了。有时候，我还喊烫，父亲则会拿来一个空碗，为我把稀饭倒进去，搅一搅，再倒回来。果然稀饭就不烫了。

父亲住院那半年，我早上还常吃稀饭和肉松。但母亲在医院，由姥姥带我，她小气得多，于是我过去只见肉松不见稀饭的“肉饭”，变成漂着几丝肉松的“白稀饭”。尤其当表弟们来，我发现姥姥给他们的肉松比给我的还多，为此，我哭着用注音符号写了封信去医院告状。母亲收到了，居然没说什么，好像觉得理所当然。这件事令我不解了许多年，也愈使我怀念父亲为我倒肉松、换碗的画面。

女儿小时候，有一次全家出去用餐，女儿喊汤太烫。我立刻想起父亲的肉松稀饭，于是也叫人多拿个空碗，为女儿折来折去。没想到坐在一旁的儿子居然说：“天哪！怎么会这么娇？好过分哟！”

儿子从来没吃过妹妹的醋，这是唯一的一次。但说实话，每当我想起那一幕，都有些沾沾自喜，然后忆起逝去近四十年的父亲，感受他为我倒肉松稀饭时，爱在心头的温馨。

糍　粑

父亲去世才三年，家里就失火了。母亲只好和我在废墟上搭了个草顶的木板房子。那时，我上大同中学夜间部，常在母亲买菜回来时才起床，也可以说被她叫醒。母亲总是先把床头的木板窗用棍子撑起来，再递给我一个糍粑，说：“趁热吃！别硬了。”

那糍粑是她在温州街街口的骑楼下买的，我曾跟去看过，是位白发老头儿在卖。他先在左手放块潮潮的白毛巾，接着打开一个木头箱子，舀出许多糯米饭在毛巾上，压成扁扁一片，再撒些糖和肉松，把半根油条放下去，双手一合，隔着毛巾将糯米团在一起，就成了个糍粑。

我最喜欢一早坐在床上，从母亲手里接过糍粑的感觉。糍粑包在芋头叶子里，拿在手上，凉凉的，也热热的。打开叶子，在那翠绿之间，有着半透明如羊脂白玉的软中带脆、咸中带甜的糯米饭团。

近几年回台湾，又有机会吃到糍粑，只是样子不同了：以前梭形的，现在成为长长一根；绿绿的叶子则换成塑胶膜，只是当我用双手握着，闭上眼睛，咬下去，还能看见草房里的晨光，以及……我死去的亲爱的妈妈。

豆 浆

我小时候多半喝牛奶，早期父亲为我买克宁奶粉。父亲死后，母亲从教会领取脱脂奶粉。后来没有了，又有澳大利亚一大包一大包的廉价奶粉。真正开始喝豆浆，是在受训的时候。

早餐总有豆浆、馒头、稀饭、酱瓜和咸鸭蛋，每个人都盯着那切成两半的咸鸭蛋，猜哪一半里的蛋黄比较多。盛稀饭也有讲究，要往深处捞，才稠。至于馒头，如果来不及，可以藏起来，出操饿了的时候偷偷咬两口。

受训时，我学到不少——有时候被叫去帮伙夫剥蛋壳，很明显地感觉有些蛋放太久了，蛋清已经脆烂得像烂豆腐。有时上司来巡视，盘子中的菜肴能一下子大大改观。出操中间休息的时候，我常去“营福利社”买鲜奶，全是附近农场的产品，稀如水。但是中午时间较多，如果跑到较远的“团福利社”买正牌的，就浓太多了。

最让我难忘的是豆浆，每天早上一小盆放在桌子中间，望下去常能见到盆底的沙。但是有一回排长先吃完，临走，把他们喝剩的豆浆递给我们这一桌。那豆浆只剩不到小半盆，但是多浓啊！浓得不见底。

至今，每回我喝豆浆，不知为什么，都会想起受训时的那盆长官的豆浆。

火　腿

一九八七年，我提着两个重重的箱子到了纽约，从来“远庖厨”的我不得不自己料理。笨人有笨办法，我总是盛半锅水，扔下几只鸡腿，等炖烂了，把鸡骨头夹出来，再撒下一把米和盐，隔不久就煮成一锅鸡肉稀饭，连嚼的力气都省了。

但令我最难忘的是早餐，一方面因为晨起的乡愁特浓，一方面因为那早餐的“凉”。我总去超级市场买大块带骨的热火腿，多半是弗吉尼亚州的产品，用厚厚的塑胶袋装着，口上还缠着铁丝。我不放进冰箱，以免冻得太硬。于是晨起，只要拿出火腿，切下一大块，再倒杯牛奶，就能解决半日的民生。

总记得第一年的冬天，我常坐在窗前，一边看凛冽的北风把冰雪和黄叶吹贴在窗玻璃上，一边吃我清冷的早餐。有一阵子，我感冒了，想必是滤过性病毒，每天一睁眼就腹痛如绞，往厕所奔。只有坐在热水澡缸里，才能暂时止痛。可是房东供应的热水有限，常放一半，就成为冰水，腹痛就更惨上加惨。

那时候，我早上泻完肚子，必定多吃半块火腿，多喝一杯鲜奶。我告诉自己，一个人在外不能生病，泻肚子损失了，一定要立刻补回来。我也不断服用从中国台湾带去的抗生素，那种一头红、一头黑的胶囊。只是三个多星期都没好，不得不去看医生，这才知道是肠胃性的病毒，应该尽量吃清淡的东西，决不能碰火腿和鲜奶。

我总是忘不了那个冬天，忘不了一人坐在澡缸里忍着腹痛，忘不了冰凉的火腿和鲜奶。而今，我早餐拒吃这两样东西，尤其是旅行途中，因为我怕寂寞、怕乡愁、怕那段寒冷伤痛的回忆……

思念总在分手后

今天，我到曼哈顿参观博物馆，晚上八点多回家，才进门，你祖母就跑来告状：

“孙子跟我发脾气，现在还不出来吃饭！”

我转身就冲向你的房间，却听见她在后面喊：“别骂他，他被吓到了！”

你果然坐在椅子上，仰着脸，盯着天花板，气呼呼的样子。还没等我开口，你倒先叫了起来：“爸爸！你说我气不气？今天下大雪，妈妈讲好到地铁车站接我，可是我等了半个多钟头，都不见车影。打电话去她办公室，说离开很久了。又打到你办公室，没人接，我不知道你去博物馆。再打电话回家，响了几十声，也没人接。隔了半个钟头打，还是一样！”你又气又委屈地喊，“你说我着不着急？我在骑楼下都快冻僵了，只好自己坐公交车回来。我急死了，一路上猜：是不是奶奶不舒服进医院，所以你们全跟了去，还是妈妈的车子在雪地里打滑出了事？会不会受重伤，使得奶奶也赶去？我想了好多好多，甚至比这个更糟、更可怕的！”你突然指着站在房门口偷看的奶奶大叫，“奶奶还笑呢！我下车，冒着雪，飞跑着冲进门，气都喘不上来，心都要跳出来了，奶奶居然笑嘻嘻地坐在客厅看电视呢！还问我饿不饿，我都急死了，哪里还饿！”“你明知道我耳朵不好，电视声音又大，怎么听得见电话？”奶奶走进来笑，“你妈车子开到一半坏了，幸亏有警员帮她忙，才回得了家，你又有什么人好怪呢！”

“我当然没人好怪！”你两手狠狠一甩，“只怪我自己大惊小怪，好了吧！”

◎

虽然你一连串的表现都不够礼貌，我却没有骂你，转身带你祖母离开，且忍俊不禁地偷偷对你母亲说：“棒极了！这小子被吓到了！”

确实棒极了！相信这会是你一生难忘的经验！如果是我，我也会生气！但你能够否认当你看到奶奶好端端地在家，接着又见妈妈开车进门时，有一种特殊的欣喜，与紧张后突然放松的那种大病初愈的感觉吗？

◎

我非常能谅解你！因为我比你更常有这样的经验。

小时候，我有一天下午在门口玩沙，你奶奶苍白着脸下三轮车，我九岁的心灵突然感到说不出的恐惧，那感觉没有错——你爷爷病逝了。

我由一个天之骄子，顿时成为无助的孤儿。

十三岁的一天晚上，你的舅爷叫我去拿扑克牌，他则蹲在地上为暖炉灌油。突然几声巨响，我从一片红色的火焰中冲到院子，回头只见火苗已经蹿出了屋顶。一瞬间，我又从一个大宅院的小主人，成为无檐蔽体的孩子。大家庭一下子散了，只剩我和你祖母，在废墟上搭个草顶的木屋。

◎

厄运一个跟着一个袭来。直到今天，每当我回家，远远看见我们的房子时，心里都会好兴奋、好庆幸地说：

“多好啊！家还在！”

我也常想起以前电视台一位同事说的故事：

原来好好的日子，突然说要逃难，日本人就已经打到了城外。我那小脚的祖母拉着我，整夜地跑，居然跑了十几里路。一群人在溪边用手捧水喝，其中有对夫妻在我们的身边，当那丈夫喝完水才抬起头，随即倒了下去。跟着他的太太发出尖叫，突然又发了疯地狂笑。原来一块远远飞来的弹片，已经削去了她丈夫的半边脸！

◎

我常想起他说的画面，想那发了疯的妇人，以及裹着小脚，却连夜拉着孙子赶十几里路的老奶奶……

这就是人生！什么福祉是永恒的呢？生与死常在一线之间，有与无也没人能保险。只是生长在福祉中的人，常不知道世间会有不幸这件事，直到有一天他真正失去！

有一首歌叫作《思念总在分手后》，我觉得很俗却也很真实，当我们在一起时愈不相惜、相守，分手之后就愈会遗憾、思念！

非常高兴你有今天的经验，使你突然有了失去的恐惧。这种恐惧对你会有很多好处，使你有忧患意识、使你惜福、使你感恩，也使你更爱家人，并知道把握现有美好的一切！

妈妈的四合院

两岸刚开放，就随母亲回北京。堂哥请我晚餐，从下榻的王府井走路，没多远就到了他灯市口的家。窄窄小小的胡同，似乎还是黄土路，没什么人，只一辆脚踏车唧唧唧唧地骑过，还有一只黑狗，站在围墙的阴影里盯着我们看。

走上门口的台阶，进小院，正对着一堵墙，墙下堆满了杂物。往左转，又进个小院，左边一排房子，窗框上蓝色的油漆已经斑驳。再往右转，进了个黑乎乎的门，门边靠着几辆脚踏车，右侧就是堂哥的家。

“瞧！我们正盖厨房呢！”堂哥指指一堆黄土砖，每块都不一样大，“是我自己和的泥。”堂哥兴奋地把我往屋里带，介绍给堂嫂。房子很小，只长长窄窄一间，中间隔个帘，靠近屋顶有根挺粗的管子从外面伸进来。“墉弟见笑了，这是咱北京人的暖气。”

晚餐是堂嫂做的，就在里面小屋的床边，一个铺着红色塑料布的小圆桌。蒜薹真可口，既肥又绿还甜，却放得离我最远。每次我伸长胳臂夹，堂哥都挡：“墉弟吃这个，白带鱼！市场难得见到。”可说实话，那鱼腥得我受不了。

晚餐后，就坐在床边聊天，应该是双人床，但是很窄，床边墙壁上有个圆圆的窗子被封了起来，上面贴着风景月历。堂哥神秘兮兮地对我笑，小声说：“墉弟您看！”接着由棉被下面拖出个白铁盒子，又笑笑，带点得意：“我可有这玩意儿。”原来是个录像机。“得偷着看。”堂哥指指那圆窗子，“隔壁就是别人家，怕人知道。”见我一怔，他做出个很奇怪的表情，“就一层板儿，什么都听得到。‘文革’时候，隔壁那女的挨揍，整夜哭。隔没多久，死了！”

这时候，我才知道堂哥住的是四合院，小时候总听我老娘说什么正房、厢房，东厢，西厢，见爷爷要进屋，媳妇赶紧把好东西收起来，装穷。又说什么长工住在“倒座”，靠近大门可以招呼客人。还讲：大门不出，二门不迈，二门可漂亮了！两个顶，还带花儿，是“垂花门”！

“咱家就在垂花门边，加盖的！”堂哥说，“四合院儿，四面儿嘛！都有房，咱这个在中间。”又指指外面，“十家哪！总共十家。原先只住一家，现在挤了十家。”还说：“墉弟啊！要不要买个四合院儿，现在有人卖，不贵！可你得有本事叫里头的人搬走。”

没几年，大陆经济起飞，大搞建设，好多人听说我曾经有机会买个四合院，都骂我笨，说现在好多四合院都改成餐厅、民宿，别说天价了，想买都买不到。

可不是嘛！又过十年，去北京，旅馆的窗外整夜在闪光，一道又一道，厚厚的窗帘都挡不住，还夹着叮叮当当的敲打声，四处都把四合院拆了，连夜赶工，改建成高楼。

但我还是对母亲嘴里的四合院好奇，曾经一个人钻进小胡同，从门隙张望，甚至私闯民宅，窥探四合院的真面目。

可说实话，我没清清楚楚看见半次，因为全住满人家，各自加建，变样了。第一次看清楚四合院，还是在王正方导演的电影里，一个中间架着瓜棚，下面摆着凉椅的画面。

还有一回是六年前，一位北京朋友请客，说他家是四合院，但是进去也跟堂哥家差不多，从街上一脚就进了房，先是窄得只容一人转身的厨房，里面小小一间餐厅兼卧室。没后门，吃完饭，又由原先的小门告辞。主人站在离家一箭之遥、车水马龙的大街边，抬头看着四周的高楼说，过不了多久，他家就要改建了，开发商有安排，他要住大楼了。再指指老胡同东一堆西一堆的垃圾："所以，好多人都在赶着加盖，占的地方大，以后可以多分一点。"

大前年，又回北京，出版社一位老友陪我去"雍和宫"。出来时，发现四周有不少老房子，我就提议进胡同瞧瞧。虽然还是一片灰灰的，那里的胡同却整齐得多，就算有些瓜藤沿着电线横着爬过头顶，也翠绿翠绿，挺美。地上好多小果子，捡起来细看，居然是枣儿。能吃吗？我问朋友，她摇头，说她也很久没进过这种小胡同了。我想放进嘴里，但是看见路边玩耍的几个小朋友，对满地的枣子视若无睹，又犹豫了。但还不死心，见到一位大婶，就问她。大婶挺和善地看我手里的枣儿，笑："太小了！"接着带我进她家，居然满地都是，抬头一棵大树，全是枣。大婶捡了两颗，先给我看一眼，又说要为我洗洗，转身往里走。那不是"垂花门"吗？我跟着她的步子，上台阶下台阶，眼前一亮，是个小院儿，方方正正，四周摆了好多花盆，一个大大的缸子，伸出片片荷叶。前后左右全是房，还有廊。大婶弓着腰，在院子边一个水龙头下洗枣子，甩甩水，还用袖子擦了擦，递给我们："能吃啦！只怕不好吃。"

我咬一口，很脆，也挺甜。暗想：这么好的枣子，落满地，不是很可惜吗？也许老北京人见多了、吃多了，又太多了，已经不稀奇。

倒是那四合院，终于让我看清楚了，而且没有改建成餐厅、民宿，没有矫饰，也不杂乱，很自然很生活，就像母亲生前说的。

爱与拥有之间

有位朋友的狗不见了，朋友在自己家附近的巷子绕了两圈，找不到，因为事忙，也就没继续找。心想反正那狗的颈环上有电话号码，别人看到，自然会联系。

果然，过了几天，接到电话。

打电话的人很热心，先说怎么发现那又冻又饿的狗，带回家喂饱、洗澡、变得多漂亮，又赞美狗的灵巧、可爱。

“真的吗？真的吗？”朋友客气地说，“太麻烦你了。我这两天忙，等周末，就到府上把它接回来。”

对方停了一下，说：“这样吧！我们多玩两天，给你送回去。”说完，并要了朋友的地址。

问题是，一个星期、两个星期过去，不见那人把狗还来，转眼过了三个月。说巧不巧，朋友开车在路上，居然看见一对夫妻带着孩子，孩子手上牵的，正是自己走失的狗。

“你不是说玩两天就还我吗？”朋友下车理论。没想到对方一笑：

“我听你电话里的口气十分冷淡，以为你根本不想要了。你想想，如果你真爱这条狗，会不立刻冲出门，把它接回家吗？”

那狗也妙，大概经过好一阵子相处，对那家人比跟自己主人还亲热。朋友连拖带拉，把狗弄进车，发现狗的颈圈、皮带，都是新的；一身狗毛，闪闪发光；原有的臭味全没了。

车门关上，那家的孩子放声大哭。

朋友一面开车，一面想，心中愈来愈不是滋味，突然掉头，把车子开回那家人的身边，把狗牵下车，交给那孩子：

“这狗应该是你们的，你们比我更爱它、更细心地照顾它，更像它的主人！”

◎

这个故事使我想起美国最近的一则社会新闻：

一个男同性恋者，为了不让人知道他是同性恋，特地找了一个离婚的妇人“同居”。

经过许多年，两个人因故闹翻了，居然闹进公堂。原因是，那妇人有个小孩儿，平常都由这同居的男人照顾，日久生情，已经难分难舍。

“这孩子是我的！”男人在法庭上说，“她从小就由我带，她妈妈根本不管她。”

法庭最后虽然还是把孩子判给了生母，却也给予男人经常探视的权利。最令人印象深刻的是，当法官宣判时，那男人哭喊的一句话：

“不管孩子的妈妈，不配做妈妈！”

◎

我有个离了婚的女同事，就更妙了。

虽然已经再婚，她却经常带着丈夫到“前一任婆婆”的家里去。那婆婆也妙，只要我的女同事回去，她就不准自己的儿子回家，免得双方尴尬。

那婆婆原来也不是真正的婆婆，而是个未婚的老小姐。只因为看见邻居的幼子可爱，常带回家玩，渐渐地，竟变成孩子的“母亲”。她为那孩子买衣服、缴学费、洗衣服……

那孩子的家长有九个孩子，已经忙不完，倒乐得过继一个给老小姐。

于是，孩子住进了老小姐家，虽没跟老小姐姓，也没叫老小姐“妈妈”，却实实在在成了老小姐的儿子。连车子都是老小姐为他买的，结婚之后，也住在老小姐家。

正因此，老小姐又开始照顾我同事生的小孩，把孩子当成自己的“亲孙子”，直到同事离婚，还舍不得孙子，总要接回去团聚。

“愈来愈难分了！”同事说，“老奶奶又爱上我跟现在丈夫生的娃娃了！”

◎

我过去住的一栋楼房，常有个奇特的访客。那是一位五十多岁、白了头发的妇人。

她总是到大楼的同一侧，挨家敲门，请求屋主让她进去，从窗口张望一下。

起初，大家都不敢放她进门，怕是精神异常的女人要寻短见。后来才知道，她只是想由窗口，看看下面日式房子里的一个十多年未能相见的儿子。

十四年前，她把幼子过继给邻居，说好等他长大之后，要让孩子知道自己的身世。岂知，那家人愈带愈爱，唯恐有一天孩子发现真相，会跑回生母的身边。一家人居然不告而别，搬走躲起来了。

十多年来，那妇人到处打听、到处寻找，终于找到了，而且常趁孩子在书房看书的时候，偷偷由邻居楼上，窥视自己的骨肉。

“你为什么不去按电铃，堂堂正正看自己的儿子呢？”大楼里有人不平地说。

“我有六个儿子，她只有一个。我们都死了丈夫，我还有五个可以靠，她却只有一个。而且，她那么爱他，把他教得那么好，我又为什么去打扰呢？”她幽幽地说，“我不去认我的孩子，因为我爱他！”

◎

我常想：什么是自己的？什么是别人的？

是不是爱，就一定要拥有？拥有而不爱的人，是否也失去了拥有的资格？

每一个孩子，从出生，就是独立的个体，不是父母的所有“物”。那么，就让那孩子立于天地之间，由阳光、大地和每个人去爱他吧！

最爱他、最能为他奉献与牺牲的，就能算是他的父母！

那条时光流转的小巷

夜里飞北京，由于机场在郊外，只见疏疏冷冷的灯火。

飞机落地了，灯火变得稍微清晰，却又像萤火虫似的一明一灭。仔细看，原来那灯火是隔着树映出来的，民宅的灯光本就不亮，受树的遮掩就更模糊了。树摇，灯火也摇，明明灭灭的，如一群群的星子。

突然有一种激动，不是激动于到了父母出生的地方，而是想起我的童年，童年的那条小巷！

那是一九五五年，水、电供应都差，一条几十米长的巷子，见不到几盏路灯。刷了柏油的黑木柱子，上面顶个圆盘似的灯罩和小小的灯泡，灯泡还忽暗忽亮。

巷里的人家都立着树墙，那种用七里香围起来的象征式的墙。墙里有院，院中又有树，加上日式房子的窗棂很小，屋里的灯火，隔着一重重，就愈加照不到巷子里了。

就是这样的，似可见，似不可见，迷离如梦的巷子，孕育了我的童年。

吃完晚饭，天将黑的时候，母亲常会让我出门，在她规定的范围内玩玩。

我活动的范围，是以电线杆为界的：向右不能过第三根，因为过去之后是温州街，车多；向左不能过第二根，因为过去有一家，出了两个太保。

其实，太保没什么可怕，邻居的太保哥哥更可爱，尤其是蹲在黑黢黢的一角，看他们的香烟，一红、一红，听他们喝酒，咕噜、咕噜。然后，听他们“臭盖”。

最记得有个肩上一道疤的，说中国的“墨剑”怎么痛宰日本武士刀。在黑黑的巷子里，两个高手对决，武士刀砍出的每一刀，都被墨剑挡了下来；而当墨剑出手，拿武士刀的挡都没挡，就倒了下去。

因为那墨剑漆黑如墨，是不闪光的，在黑黑的巷子里，敌人看不到。

也记得在某帮派号称“掌法”的一个，说他见过最惨烈的械斗。一个人由墙上跃下，下面的人横刀一挥，硬是在空中把那人的两只脚齐齐斩断。

四周香烟的火光更紧了，吸完一根，擦火柴再点一根。火柴的红光，映着紧蹙的眉头和炯炯的眼睛，是我童年印象最深的画面。

当然，他们也会讲女生、讲太妹、讲女人。说什么“天涯九龙凤”的老大，长得多么标致，出手如何狠毒。说女生打架，满地头发，满脸流血。

“女生打架，用抓的，用拔的，用咬的，比男生用刀子还可怕！”

那时，我才九岁，他们的话却记到今天。我后来常想，他们虽然自称豪放，打打杀杀，竟然大部分十六七岁还是处男呢！

小黑巷子里，是最适宜玩“官兵捉强盗”和“躲猫猫”的。尤其各家的树墙、院子，任我们穿梭，更有着一种神不知鬼不觉的妙处。

当然，在这穿门越户的过程中，也便有些“向帘儿底下，听人笑语”的机会。

我家隔壁是老夫少妻，那老夫在大学教书，还不良于行，却娶了个年轻貌美的学生。他屋里总传来那女学生娇滴滴的嗓音：“老师！老师！”

父亲在世的时候，一听到，就会对我妈说：“听！又在叫老师了！”他说话的表情好特殊。现在想起来，他是有点羡慕。

我家左邻，是位将军，那屋子里的排场，就又是一番了。我最怕听见他清喉咙的声音。有时玩“躲猫猫”，藏在他家树丛中。突然听见“哼”一声，接着窗子拉开，“呸！”一口浓痰飞出来。

至于对门，也是位教授，教授的爸爸是位名书法家。有一阵，孩子们都不敢往他家院里躲，因为老爷爷死了，那教授总躲在房里哭，呜呜地喊：“阿爹啊！阿爹啊！”

也就有小孩子绘声绘色地说，看见一个灰灰白白的影子飞进窗子。

黑黑的小巷里，除了飞蚊子，飞萤火虫，还会飞一群群的蝙蝠。才入晚，就见一团团黑影，在路灯下面盘旋，有时候从头顶掠过，扑棱扑棱的，能吓人一跳。

孩子们常拿雨靴往天上扔，因为不知听谁说，蝙蝠一看到靴子，就会钻进去。

没见过一只靴子抓到蝙蝠，我倒是有次打中了一只，见它斜斜歪歪地跌进河边草丛。小时候胆子大，钻进草丛，硬把蝙蝠摸到了。得意地拿回家，把蝙蝠塞进玻璃瓶里，紧紧扭上盖子。

第二天，蝙蝠不见了！

这之后，最少有十年，我相信蝙蝠是会“奇门遁甲”的。

黑黑的小巷，也是耐人“寻芳”的。

黑暗中，什么都隐藏了。龙柏成了黑黑一团；槟榔成为瘦瘦一根；扶桑花白天开，夜里全睡了。倒是各种白花，变得特别清晰。我家阶前，有棵单瓣的白茶花，冬天我最爱躲在树下。看上面洒下微微的灯光、月光，再嗅嗅那似有似无的幽香。

斜对门李家的院里有茉莉，我至今喜欢一种粉红盒子的法国香水，觉得什么女人涂上这种味道，都美，大概就因为那香味让我想到童年的茉莉。

至于昙花，就更美了。

我家前院种了一大棵，每次夏夜盛开，父亲都会在院子里挂上灯，四处呼朋唤友，来赏吉兆“国泰民安”的昙花。

我爱那花，也爱那灯。觉得在一串灯中，人影晃来晃去，真美！那种影子忽大忽小，灯火忽明忽暗，人声忽来忽往，夹杂起来的感觉，好像梦。后来，读辛稼轩的词：“众里寻他千百度，蓦然回首，那人却在灯火阑珊处。”我心里映起的，就是这迷迷离离的画面。

我常想，“时光流转”或许就是这样。在朗日晴空下，是见不到时光流转的。只有我童年黑黑的小巷，每一盏灯，都能映出一条影子，忽长忽短、忽胖忽瘦。也只有在那小巷穿梭的记忆中，找到的哭声、笑声、倒水声、麻将声、吐痰声和打小孩声，是那么幻中有真，真中似幻，值得我一生咀嚼、一生回味。

多美啊！迷离的灯火，往日的情怀！

多美啊！那条时光流转的小巷！

第四章

不负我心，不负我生

如果有一种机器，能够透视人心。每个光鲜亮丽的衣衫和丰腴壮阔的胸膛后面，一定都有颗伤痕累累的心。

爱，就注定了一生的漂泊！

飞机起飞了两个多钟头，心里始终不踏实，觉得好像遗忘了什么。看见有乘客拿出一卷长长的东西，才想起为纽约朋友裱好的画，竟然留在了中国台北。

便再也无法安稳，躺在椅子上，思前想后地怨自己粗心，为什么临行连卧室也没多看一眼，好大一卷画就放在床上啊！想着想着，竟有一种叫飞机回头的冲动，浑身冒出汗来，思绪是更乱了。

其实，一卷画算什么呢？朋友并非急着要，隔不多久又会回来，再拿也不迟。就算真急，常有人来往台北和纽约之间，托带一下，或用快递邮寄也成啊！但是，就莫名地有一种失落感，或不只因那卷画，而是失落了一种感觉。

从台北登车，这失落感便浓浓地罩着。行李多，一辆车不够，还另外租了一部，且找来两个学生帮着提，免得伤到已经困扰自己多时的坐骨神经。看着一包一包的行李，有小而死沉的书箱、长而厚重的宣纸、装了洪瑞麟油画和自己册页的皮箱，一件件地运进去，又提起满是摄影镜头和文件的手提箱，没想到还是遗忘了东西。

什么叫作遗忘呢？两地都是家，如同由这栋房子提些东西到另一栋房子，又从另一户取些回这一户。都是自己的东西，不曾短少过半样，又谈何所谓失落、遗忘？

居然行李一年比一年多，想想真傻，像是自己找事忙的小孩子，就那么点儿东西，却忙不迭地搬过来搬过去，或许在他们的心中，生活就是不断地转移、不断地改变吧！

当然，跟初回中国台湾的几年比，我这行李的内容是大不相同了。以前总是以衣服为主，穿来穿去就那几套，渐渐想通了，何不在两地各置几件，一地穿一地的，不必运来运去。从前回中国台湾，少不得带美国的洗发精、咖啡、罐头，以飨亲友，突然间台湾的商店全铺满舶来品，这些沉重的东西便也免了。

取而代之的，是自己的写生册、收藏品和图书，像是今年在黄山、苏州、杭州的写生，少说也有七八册，原想只挑些精品到纽约，却一件也舍不下。书摊上订的《资治通鉴》全套，店里买的米兰·昆德拉、李可染专辑，《两千年大趋势》，甚至自己写专栏的许多杂志，都舍不得不带。

算算这番回纽约，再长也待不过四个月，便又要整装返台，看得了几本《资治通鉴》，翻得了几册写生稿，放得了多少幻灯片，欣赏得了几幅收藏？却无法制止自己把那沉重的东西一件件地往箱里塞。

据说有些人在精神沮丧时，会不断地吃零嘴或不停地买东西，用外来的增加充实空虚的内在。难道我这行前的狂乱，也是源于心灵的失落？

不是说过这样的话吗：

“我挥一挥衣袖，不带走一片云彩。”其实东半球有东半球的云，西半球有西半球的彩，又何须带来带去？

但毕竟还是无法如此豁达，也便总是拖云带彩地来来去去。

所以，羡慕那些迁徙的候鸟，振振翼，什么也不带，顶多只是哀唳几声，便扬长而去。待北国春暖，又振振翼，再哀唳几声，飞上归途。归途？征途？我已经弄不清了！如同每次回中国台湾与返回美国之间，到底何者是来，何者是往，也早已变得模糊。或许在鸿雁的心底也是如此吧！只是南来北往的，竟失去了自己的故乡！

真喜欢王鼎钧先生的那句话——

“故乡是什么？所有故乡都是从异乡演变而来，故乡是祖先流浪的最后一站。”

多么凄怆，又多么豁达啊！只是凄怆之后的豁达，会不会竟是无情？但若那无情，是能在无处用情、无所用情、用情于无，岂非近于“无用之用”的境界！

至少，我相信候鸟们是没有这样的境界的，所以它们的故乡，不是北国，就是南乡！当它们留在北方的时候，南边是故乡；当它们到南边后，北方又成为祖先流浪的最后一站。

我也没有这番无所用情的境界，正因此而东西漂泊，且带着许多有形的包袱、无形的心情！

曾见一个孩子站在机场的活动履带上说：“我没有走，是它在走！”

也曾听一位定期来往于台港，两地都有家的老人说：“我没有觉得自己在旅行，旅行的是这个世界。”

这使我想起张大千先生在世时，有一次到他家，看见亲友、弟子、访客、家仆，一群又一群的人，在四周穿梭，老人端坐其间，居然有敬亭山之姿。

于是那忙乱，就都与他无关了。老人似乎说：这里许多人，都因我而动，也因我而生活，我如果自己乱了方寸，甚或是对此多用些心情，对彼少几分关照，只怕反要产生不平，于是什么都这样来，这样去吧！我自有我在，也自有我不在！

这不也是动静之间的另一种感悟吗？令人想起《前赤壁赋》中的“盖将自其变者而观之，则天地曾不能以一瞬；自其不变者而观之，则物与我皆无尽也”。苏轼不也在动乱须臾的人生中，为自己找到一分“安心”的哲理吗？

但我还是接近于陈子昂的“前不见古人，后不见来者，念天地之悠悠，独怆然而涕下”，也便因此被这世间的俗相所牵引，而难得到安宁。

看到街上奔驰的车子，我会为孩子们担心。看见空气污染的城市，我会为人们伤怀。甚至看见一大群孩子从校门里冲出来时，也会为他们茫茫的未来感到忧心。而当我走进灿烂光华、布满各色鲜花的花展时，竟为那插在瓶里的花朵神伤。因为我在每一朵盛放如娇羞少女般的花朵下，看到了她被切断的茎，正淌着鲜血。

而在台北放洗澡水时，我竟然听见纽约幼女的哭声。

这便是不能忘情，却又牵情太多、涉世太深的痛苦吧！多情的人，若能不涉世，便无所牵挂。只是无所牵挂的人，又如何称得上多情？

临行，一个初识的女孩写了首诗送我。我说以后再看吧！马上就要登机了，不论我看了之后有牵挂，或你让我看了之后有所牵挂，对我这个已经牵挂太多的人来说，都不好！

只是那不见、不看、不读，何尝不是一种牵挂？

猛然想起，有一次在地铁站，看见一个衣衫褴褛、躺在墙角的浪人，大声对每个走过眼前的人喊着："你们爱自己的家，你们睡在家里面！我爱这个世界，我睡在世界的每个地方。你们都是我的家人，我爱你们！"

也便忆起前年带老母回北京，盘桓两周，疲惫地坐在返台飞机上，我说："回家了！好高兴！"又改口，"台北是家吗？还是停几周飞美时，可以说是回家？但是再想想，在纽约也待不多久，又要回中国台湾了！如此说来，哪里是家？"

"哪里有爱，哪里有牵挂、放不下，哪里就是家！"

"世界充满了美，让我牵挂；充满了爱，让我放不下！"我说，"台北是家，纽约是家，北京是家，巴黎是家，甚至小小的奈良也是家！"

爱，就注定了一生的漂泊！

情到深处总是伤

母亲小时候“缠足”，虽然没几年就“解放”了，但是骨头早已定型，脚趾折向脚底，走路一颠一颠的。来美之后，空气干，加上年岁大了，皮硬，那“折”的地方总是皲裂流血。

常见她用热水泡脚之后，一边上药，哎哟哎哟地叫疼，一边骂我姥姥：“都是我妈害的，害我一辈子。小时候逼着给我缠脚，我哭、反抗，她还狠狠打我。可又一边打一边哭，说我是身上疼，她是心上疼。又说她不是害我，是爱我，怕我脚大，将来嫁不出去。她是爱我，但我恨她！”

◎

朋友老年得子，贺周岁，看他太太捧着娃娃放下去、抱起来，左亲亲、右亲亲，还对着娃娃的脖子噗噗地又吸又咬。

“瞧你，真是疼死了！”我说。

“当然疼死了！足足疼了一天一夜，就因为‘疼死了’，所以‘疼死了’！”她笑道，又继续做咬的样子，“真想把他一口又吞回肚子。”正说呢，那娃娃居然举起小手啪一巴掌，打在她脸上，看来不轻，她还笑。啪！又一巴掌，她笑得更大声了。

“不疼吗？”我问。

“疼！可疼呢！这小鬼的力量可大了！怪不得当时赖着不出来……”

一位学生家长带女儿来找我咨询，说她是辛苦的单亲妈妈，为女儿做了多大的牺牲。省吃俭用，除了送女儿在外面补习，还把学校老师请到家里。可是，孩子非但不用功，还当着老师的面打瞌睡。“这孩子真是让我伤心、痛心极了，我真后悔当初没听我姐姐的话，把她拿掉！”

我又叫她女儿单独进来谈，发现小丫头什么都懂，也知道妈妈爱她，只是正逢叛逆期，就是不愿听话。“我妈妈说她气极了，会离家出走，她光会说，走啊！她怎么不走？”小丫头还对我骂她妈妈，“她说她后悔生我，好哇！我去死！行不行？”

我尽力开导了一番，但很难有把握，因为发现那妈妈爱得太多，而且爱的不是方法，所以隔了两个月又打电话去关心。

妈妈接的电话，不断道谢，说孩子回来之后好多了，尤其近一个月，大概知道考试到了眼前，躲也躲不掉，每天用功到深夜，甚至熬到天亮，睡眠不足，成了“熊猫眼”。“唉！”她叹口气，“我现在不伤心了，换成担心。我以前是心痛，现在是心疼……”

◎

二月初，儿子特别赶回纽约过旧历年，待了不过十天，又急着飞回去。

晚餐时，老岳父说：“这孙子变了不少，一年不见，进步多了。”还对我补一句，“你因为常在国内，跟他一块儿，不一定有感觉。”

我说我也有感觉，毕竟受到中华文化的影响，到清明，他会主动说要去爷爷坟上扫墓。我在故乡的时候，他常会送些好吃的东西给我。尤其当我有一次急诊，他赶来，追着医生问东问西，连护士都说我有个孝顺儿子。

当天晚上睡不着，我想：大概因为儿子大了，不再叛逆，也可能由于当初我出版《超越自己》的二十年纪念版，要他为每篇文章写感言，使他不得不把整本书再看一遍。重温往事，许多画面重新浮现，让他感受我当年的苦心。加上我老了，使他不但爱我，甚至怜我了。

只是想到这儿，我又有些伤心，想如果跟儿子这么近，有一天我死，不知他会受到多大的打击！

死，是人生的大痛。当我死的时候，会一边大痛，一边心疼。心疼我的儿女、我的妻。

◎

伤、痛、疼、爱，是世间最大的矛盾——

打在儿身，痛在娘心。为了爱孩子，可能不得不打孩子。只是，伤孩子，也伤自己。

哪个疼，不因为伤？哪个生育的疼，不带血、不成伤？

哪个爱不是痛？不痛怎么疼爱？不爱怎么心疼？

轻轻的搔是痒，重重的搔是痛；轻轻的拍是安慰，重重的拍是处罚；轻轻的爱是温馨，重重的爱是情伤……

如果有一种机器，能够透视人心。每个光鲜亮丽的衣衫和丰腴壮阔的胸膛后面，一定都有颗伤痕累累的心。有刀痕、有鞭痕、有索链的疤痕……而且，爱得愈多的人，伤得愈深，因为最重的伤害总来自最心爱的人。

情到深处总是伤！

媒妁之言多幸福

网上曾有许多人催姚明和叶莉早点结婚，另外则有网友打趣地说："催他们结婚的人八成目的不是为'他们两个人'，而是希望'他们快造人'，为中国篮坛早早添几个未来的生力军。"

这些人其实不是乱说，因为身高2.1米的姚爸爸和1.9米的姚妈妈，据说就是在官方促成下结的婚。而且果然不负众望，生下个手脚大得像3岁孩子、体重比一般婴儿重一倍的姚明，4岁长到1米，8岁就达到1.7米。

而今身高2.26米的姚明，如果跟身高1.9米的叶莉有了孩子，两个国家队篮球运动员的优良基因，加上比以前好得多的环境和营养，成果还了得！

当然，也有人对姚明父母的结合不以为然，认为那是"苏联式优生”的产物。只是我想来想去，假如姚明的爸爸自由恋爱，娶了个身高1.6米的小姐，或娶了个虽长得高却允文不允武的姑娘，就一定比较幸福吗？

我曾经注意过那些媒妁成婚的朋友，后来闹分手的比自由恋爱的夫妻低得多。我甚至一直到今天，都记得小时候看见母亲为人做媒，那年轻男女相亲时脸红和结婚后幸福的样子。

说出来更惊人的是老母八十多岁的时候，还对我透露一位媒妁成婚的远房亲戚，相亲前介绍人已经明明白白地告诉女方，那男方有严重的糖尿病，不能举！

母亲说得妙：“好话坏话先说明白，免得以后发现了怨。”还补一句，“这也是媒妁之言的好处。”

不知是不是因为我儿子刘轩到了适婚年龄，这两年常有人暗示做媒，尤其到大陆，更挑明了说家里有女儿，跟刘轩的年岁和教育程度正好相配。有一回，我记错了儿子的年龄，对方居然立刻纠正：“不！他是×年×月生的。”可见他们事先做了不少功课。

最近看大陆新闻，更精彩。只见杭州的一个公园里，路两边的树上拉着长绳，挂着征婚择偶的牌子。万头攒动、议论纷纷，一个个瞪大了眼睛看牌子上写的资料。

更妙的是，那万头之中，白头发只怕占了一半。

◎

有次在大陆巡回演讲，由一位出版社的女主管陪同，一路上也总听她说要为女儿做媒。

我说：“你女儿在那么好的单位做事，又那么漂亮，自己不会找吗？哪需要你这个妈妈瞎担心。”

她居然一瞪眼：“‘嫁汉、嫁汉，穿衣吃饭。’年轻丫头浪漫，看不见穿衣吃饭，结果常没嫁到好人，哪有我这过来人看得清楚、打听得翔实？”又一瞪眼，“我就是媒妁之言成婚的，怎么样？好极了吧！我老公被我吃得死死的！我的薪水我自己收着，他的薪水归我用，逢年过节、过生日，我还伸手要礼物，他都乖乖地奉上。这事儿，我女儿都看在眼里，所以等着我介绍。婚事啊！包给我这个娘啦！”

想起儿子的哈佛同学多明尼卡・巴兰，从中亚做完研究之后，回来说的：

“那边的女孩子，多半都等着父母做媒。如果要她们出去自己找对象，她们还不愿意呢！”

原因是：自己找的丈夫，如果吵架，不好意思回娘家，就算回去，也会被骂“谁让你瞎了眼睛，自己挑个浑蛋”。但是由父母介绍的就不同了，出了问题可以回娘家告状，而且理直气壮地埋怨父母：“谁让你们给我介绍这么个差劲的丈夫！”

◎

不久前在台北，跟一对老朋友聊天。

他们的独子三十多岁了，还没女朋友。老同学的太太直叹气：“这都怪我，把儿子惯坏了。他小时候，为他安排一切。吃橘子由我剥皮，上学由我装书包。连申请学校，都由我填表。后来，几个学校都收他，不能决定去哪一个，也由我说了算。他不太主动，所以连个女朋友都没有。而今我急他不急，他当然不急！从小到大，他哪样事急过？到后来，只怕还非得由我为他决定娶谁。”

“对！”在旁边的老同学接了话，“连进洞房，都得妈妈帮忙推。”

那太太一巴掌，叫老公闭嘴，接着说：“当然，我帮忙找对象比较安全。你想想！知子莫若母，我儿子这么老实，能去街上碰吗？只怕碰上猪八戒的妹妹，也觉得好。而且，自由恋爱的女生多半精明，我儿子能罩得住吗？”啪！回头又给她老公一巴掌，“你瞧瞧！我这老公，就是街上认识的，他现在吃亏不吃亏？”啪，再一巴掌，大声问，“你说啊！”

“吃亏！吃亏！当然吃亏！”她老公忙不迭地回答。

男人的面具

朋友请客，席间谈到他从政多年的父亲：

“我最记得上小学的时候逃学，被我爸爸抓到，本来要打我，却举起手又不打了，对我说：‘你大了！不打了！自己想！’还有初中时，有一天跟爸爸同车出去，下大雨，我说我讨厌下雨，我爸爸就说：‘农民需要雨。’最后一次是他临终，把我叫到床前说：‘你大了！我不担心你了。’然后，他就去世了。”说到这儿，他顿了一下，眼睛闪着亮光，低低地好像自言自语地说，“不知道为什么，我觉得父亲很少对孩子说话。跟他在同一屋檐下近二十年，好像只听他说那么几句话。”

◎

在阳台上浇花，看见老人中心的车子停在门口，岳父先下车，站在车边等着，伸手牵岳母下来。

“爸爸现在会牵母亲了。”我回房对太太说。

“他本来就会牵。”太太回答。

“可是上次去老幺家，下楼，母亲没处扶，颤悠悠的，他为什么没牵？还是我发现，赶过去牵。”

“因为那天两个女儿、女婿都在。”

“哦！他是等我们牵。”

“不！当着你们，他不好意思牵，觉得肉麻。”

◎

看代表日本角逐奥斯卡最佳外语片的《血与骨》。

影帝北野武演个韩裔日本人，很会做生意、很懂得放高利贷，成了大财主。但是，他的脾气极坏，非但常对家人施暴，而且对子女近乎一毛不拔。

儿子缺钱，向姐夫借钱不还，姐姐因此被丈夫羞辱，上吊自杀了。北野武走在半路，听到噩耗，颓然坐在街头。他在丧礼上痛殴女婿时中风，从此半身不遂。

太太死，他去参加丧礼，每个人都盯着他从长巷一瘸一瘸地走向殡仪馆。但是即将到达的时候，他突然转身，进了路边的小铺，买了瓶酒，转身离去。

他死在朝鲜，因为他把一生的积蓄都捐给了朝鲜政府。

◎

一个老同学打电话给我，说他的老父死了。

“死了也好！他死了，我才不恨他。”老同学在那头淡淡地说，“年轻的时候出门，他总走在前面，也不管我妈怀着一个、抱着一个、拉着一个，上气不接下气地跟在后面。后来他老了，又总是走在最后面，由我妈扶着，一步一步地蹭。可他还是脾气坏，动不动就吼我妈。今年年初，我妈脑溢血死了，他半滴眼泪都没掉，但是从此不说话，也不怎么吃，总一个人坐在黑黑的屋里。没多久，他也死了。”

“我真不知道我爸这辈子有没有爱过我妈。”老同学叹口气，“直到我妈死后这半年，看他的样子，我才知道，他很爱！”

◎

一个童年时住在距我家不过一百米的老同学，三十年后，居然又在纽约成为邻居。

有一天，两口子来聊天，谈到他家地下室的房客。做太太的抱怨：“他对房客比对我都好，我生病爬不起来，他不管我。但是房客才一点儿不舒服，他就开车带人家去看病。”

老邻居在旁边一瞪眼：“那当然！不带你，你还是我太太，跑不掉。不对房客好，房客就跑了。”

没过多久，他搬到新泽西。又没过多久，离了婚。

◎

想起近三十年前的一位同事，偶得别人给他的评语。

一张纸上写得密密麻麻，只记得其中有两句：“外人都爱他，但是他不爱外人；家人都不爱他，但是他爱家人。”

“写得莫名其妙嘛！”大家都匪夷所思。

却见他歪着头沉吟了一下说：“其实讲得没错呀！因为我对外人很客气，从来不好意思拒绝人，虽然心里一百个不愿意，都隐藏着，所以外人都爱我。也就因为我在外面帮助别人，已经累死了，回家精疲力竭，脾气坏，又因为是自己人，不掩饰，所以家人都躲着我。他们却不想想，我在外面强颜欢笑是为了让事业成功，养好一家人。”

读进化论方面的书，说生物学家观察两种黑猩猩，一种生活在较差的环境，公猩猩每天必须跑到很远的地方找食物。母猩猩则因为带小猩猩，走得慢，总被丢在后面。公猩猩们在前面打拼，必须很团结，以应付各种状况。

找到食物，公猩猩们会先吃，等母猩猩带小猩猩赶到，常常已经剩得不多，还不知为什么，常被公猩猩毒打。

但是另一群生活在优裕环境的黑猩猩就不同了。因为四周有它们吃不完的果子，公猩猩不必跑到远处找食物，所以母猩猩们不是跟在后面被冷落的一群，它们有着较多的参与机会和较高的“社会地位”，也很受“丈夫”的疼爱。

眼前浮起早期人类社会的画面——

为了防卫，男人们必须紧密地团结；因为狩猎，天生较强的男人有较大的优势。

他们聚在一起开会，女人没有参与的权力；他们对妻子不苟言笑，才能在众男人间显示权威。

他们对朋友的要求尽量配合，因为那是义气；他们对亲人的要求反应迟钝，因为那是私情。

他们下班后，没事也要出去耗耗，表示为公忙碌；他们进门后，等着妻子呈上拖鞋，因为老子在外做牛做马。

他们像是戴了面具，把情藏在后面；家人像是老鼠，甚至听到爸爸的脚步，孩子就往屋里躲。

问题是，男人真没情吗？他的心真硬吗？他不流泪，是因为流泪会看不清敌人；他杀敌，是为了保卫家；他多半比太太早死，留下的是他打拼的成果。

男人真是强者吗，抑或他们只是戴着面具的可怜虫？

当我远行的时候

台湾的一个单亲爸爸，因为担任货车司机，工作忙碌，只能在中午和傍晚经过家门的时候，把食物从楼下用吊绳和滑轮送进屋内，给两岁的女儿吃。

那吊绳是他自己发明的，一头拴着玩具熊和铃铛，只要牵动，就会发出声音，告诉女儿有东西吃了。

据说单亲爸爸用这方法喂女儿，已经半年多，直到最近有一天女儿在屋里大哭不止，引起邻居注意，报了警，才曝光。

记者问，难道真有这么赶吗？连跑几步上楼，给女儿送一包东西的时间都没有？

单亲爸爸说，因为车上有助手在等，女儿又黏人，只要看到爸爸，就抱着大哭，不放爸爸离开。一回家就走不了，所以不敢上楼，宁愿用吊笼把食物送进去。

只是隔天，当社工找了个寄养的家庭，把小女孩带走的时候，她非但没哭，还笑着跟爸爸说拜拜。

◎

别人看这新闻，或许会觉得前后矛盾，甚至说那单亲爸爸撒谎。

但我不一样，它让我想起许多往事，有了深深的同情。

女儿小时候，我最头痛的就是每次离家的那一刻。小娃娃先挂在我的脖子上，不让我走。我硬挣脱了，她又会抱着妈妈哭，眼泪汪汪地盯着我的车子驶离。有时候转过路口，还好像能听见她的哭声。

妙的是，有一次她在学校有表演，没办法留在家里送我出门，反而是我站在门前，看她坐上妈妈的车。那天，她虽然还是抱抱我、亲亲我，说舍不得爹地，却没哭，还笑眯眯地跳进车，对我挥挥手，说拜拜。

隔年，我又一次离家，心想，小丫头已经克服了离愁，应该走得轻松些了吧？没想到她站在晚风里送我，又哭成了个小泪人儿。

◎

我终于懂了，小娃娃可以自己离开我，但不能看我离开她。

因为她走，主动权在她，是她有事，不得不对我说抱歉。而我走，主动不在她，是我弃她而去，是我对不起她。

想起二十年前在台湾，一个老朋友的妻子得了绝症，离岛求医，她三岁的女儿在机场声嘶力竭地哭喊，好像妈妈会一去不返。她的哭声，使四周忍着泪的亲友，都一下子溃了堤。

但时隔不久，那妈妈回来了，又不久，住进加护病房。

“走”的那一天，小丫头看着妈妈断气，当外婆把她带离病房的时候，她居然没哭，还回头摇摇小手说拜拜，只当妈妈是睡着了。

◎

年轻时翻译过一本美国心理学家瑞蒙·莫迪的《死后的世界》（*Life after Life*）。作者分析那些曾被医生宣布为死亡，却又复生的人，所有 “死后的经历”。

几乎每个人都说死并不可怕，只觉得一下子灵魂离开了躯体，病痛全消失了，变得好轻松。多半的人感觉先是飞速穿过一条长长的隧道，看见隧道另外一边的“神光”，接着面对神光，接受神光的指引。也有人发现置身一片美丽的草原，好多已死的亲友走过来迎接……

一位受访者说，当神光说他人世间的情缘未了，叫他“回来”的时候，他甚至有点愤怒，不愿意回到自己的躯壳。

◎

年过半百，我常想起这些情节，和那一次女儿比我先离开家的画面。猜想当有一天，我死了，一下子穿过隧道，面对神光、面对一堆死去的亲友，呈现在我眼前的是令我目不暇接的“另一个世界”。

那时候，我虽然死了，但可能已经没有时间悲伤，反而有些“发现者”的兴奋和“新来者”的喜悦。

可是，如果我回头看，我世间的妻、我的子女，尤其我的女儿，会不会在我离家外出时，在晚风中抱着我的脖子不放，对着我哭喊：“爸爸不要走！”

◎

可不是嘛！走的那一天，是我要走，是我要离开她。我面对的是另外一个世界，她面对的却是我的背影。

我走了，她没走，还在人世间。如果我死后无知，当她伤痛欲绝的时候，我已没有感觉；如果我死后有知，则可以随时回去，看到她。

但是她，只见我消逝了，再也抓不住。她没走，眼前见到的、摸到的，都有我的影子。她要留我，但我负了她，弃她而去……

比较起来，她的伤痛远比我深。

◎

总想起十年前的那一幕，她学校有音乐会，先离开家，高高兴兴地去演奏。那天晚上，我走得多么轻松！

真正“大去”的那一天，我希望她也有约，于是我躺在床上，看她离开，就像新闻中，那单亲爸爸的女儿去寄养家庭，她对我挥挥手，道声拜拜。我看着她美丽的背影、飘逸的长发，一跳一跳地出门，该是多么完美的道别。

九根手指

我初中读夜校，大概因为晚间上课，不少老师都是兼职，常因事请假，所以总有代课老师。

有位代课老师，只教一堂就不见了，却留给我很深的印象。

那一天，他西装笔挺，满头大汗地冲进教室，显然是才下班就赶来代课的。 我不记得他教得如何，只知道同学们认为他是代课的，都很不认真。有个同学在下面偷看漫画书，被老师发现，把书没收了。

但是，另一个顽皮的同学，下课后悄悄跟着那老师到办公室，再趁老师不注意，把漫画书偷了回来，物归原主，获得全班英雄式的欢呼。

就在这时候，那老师走进来。

教室的空气突然凝固了，大家原先以为他只代一堂课，不会回来，这下子非有人倒霉不可。

那偷书的同学更吓得脸色惨白，因为他已经被记了两次大过，这下偷老师东西，非勒令退学不可。

代课老师进来盯着大家，脸色通红，一句话也没说，看得出他在压制满腔的怒气。

突然，他举起两只手，沉声问："几根手指？"

"十根！"同学们答。

"不！"代课老师重重地说，"九根！"

没有人懂，也没人敢吭气。

"应该是九根！"代课老师一个字一个字地说，"我像你们这么大的时候曾经做小偷，一次次被抓，都因为没成年，被放了。最后一次，警察实在气了，要切掉我一节小指头，一方面给我惩罚，一方面使别人以后看到我少一截指头，能防着我。就在我哭着喊着的时候，那被偷的人突然改口说他记错了，应该是他自己不小心把东西掉在路上被我捡到。警察显然不信，但是又装作相信，把我放了。"说到这儿，他重重叹了口气，看着自己伸出的十指说，"所以，我本来应该只有九根手指，是被我偷的那个人放了我。我后来常想，如果我当时被切了一截手指，我可能自暴自弃，成为江洋大盗了。但是，他们原谅了我，明明可以罚我，却宽恕了我。我既羞愧，又感激，痛改前非、加倍努力，而今成为一个公司的主管。"

说完，他一转身，走了出去。

◎

看台北的《中国时报》，杨素静老师写的《忏悔娃娃》。

她在教美劳的时候，有个学生拿来作品，一看就不是学生自己做的。

她正要发作，但是突然想到自己初中二年级时，有一回班上规定做布娃娃，大家统一购买材料。她想要做得更好，自己跑去艺术品店找。

材料没找到，却看上一个戴着宽边帽还牵着小狗的大眼睛布娃娃。她爱不释手，居然买回那个做好的娃娃，而且硬着头皮当成自己的作业交给老师。

老师显然一眼就看出来了，但是“大智若愚”，没拆穿。这却成为一个羞愧的记忆，留在杨素静的心底。

于是，她也原谅了那个学生。

◎

无独有偶，才读完杨老师的文章，就看到一则电视新闻。

某初中毕业班的老师，因为一个女生上课打手机，把手机没收。

几个跟那女生要好的男生过去为女生说情，愈说愈急，居然动手抢，甚至打了老师。

老师受伤了，但是没立刻发作。他忍着，直到第二天毕业典礼，那几个打他的男生拿到毕业证书，他才把事情说出来。

原先认为因此不能毕业而忐忑不安的学生，终于痛哭流涕地向老师忏悔。

◎

接到受刑人游嘉宏写的小说，厚厚一本，字体工整得像刻的一般。原来那是本传记，写他生在黑道世家，在黑道中挣扎的往事。

令我印象最深刻的，是他回忆少年时犯罪，被裁付保护管束的一段。因为他的文章写得极生动，我将原文照录——

“刑法”规定，“裁付保护管束”的少年，固定每月向“法院”特定的观护人签名报到接受询问，岂知第一次找观护人报到时，我就和“她”发生口角争执。

她，是个二十七八岁的小姐，一见面劈头就骂：“你年纪轻轻不学好，将来要当社会的败类吗？”

初时，我吓了一跳，但为了面子，我一脸不屑地反驳说：“我当社会败类又关你什么事？”

她听完很生气地从椅子上站起来，怒气冲冲地指着我的鼻子严厉地说：“我有权利撤销你的‘保护管束’，你不知道吗？”

我心里想：我当然知道，我为什么不知道？我又不是白痴！却还是死鸭子嘴硬地顶嘴说：“那你把我抓去关啊！”

硬着头皮说出这句话时，我着实紧张得捏了一把冷汗！看着“法院观护室”里所有大大小小错愕的眼神正对我们行注目礼的尴尬场面，她皱皱眉又坐回椅子上，然后语气和缓地对我说：“如果你被关进牢里，这辈子就完蛋了，你明白吗？”

听她语气缓和下来，我红着眼眶委屈地回答：“谁叫你刚刚对我那么凶！”

她听完忽然沉默，也许是我的眼神泄露了我的脆弱和心事，她开始以温柔的语气告诉我：“以后记得每个月来找我报到，我有权利知道你的生活作息……”话说到这儿，忽然压低声音对我说，“刚刚我不应该对你那么凶，是我不对，我向你道歉……”

当我迷惑不解正要走出观护室咖啡色的双扇门时，身后又传来她再次的叮咛：“记得来找我报到！”我转过头回她一句：“知道啦，你比我爸还啰唆……”就笑着飞奔而去。

我常想，是什么样的因缘，让这两个原本毫不相识的陌生人，在同一个屋檐下相聚且相互关怀？在我当时的观念逻辑中，这就像“天方夜谭”般荒谬且离奇！难道，这又是老天爷开的一个玩笑？只是，从这个玩笑当中，又有谁能够体会出每个孩子，其实都有一颗敏感又脆弱的心呢……

◎

游嘉宏在那之后虽然还是无法离开黑道，甚至成为枪击要犯，但是而今痛改前非，以初中都没毕业的程度，居然写出六本散文和小说。

读他的作品，我好像看见一个涉过泥塘，终于摘取到一枝清莲的孩子，所以我常写信给他，鼓励他，也给他一些写作的建议。

我发现在他心灵的深处，有恨有愧有悔。恨的是他从小身处的黑道环境，愧的是对他的父母和恋人，悔的是他犯下的种种错误。

而在那字里行间，我印象最深的还是他写少年观护人的这一段。

游嘉宏虽然没有因为那观护人的宽容而立刻改正，但是观护人的每一句话、每一个举动，都深深印在他的心上，甚至成为他后来“向善”的动力。

正如游嘉宏在信里说的：“我并非十恶不赦，因为我本善良。”

当一个人犯了错，你处罚他，他反而不在乎了，觉得已经得到应有的惩罚，而“两不相欠”。反倒是那“该罚未罚”的宽宥，常会像是种子，留在他心中，生出根、长出叶，萌发成长，有一天结出善良的果实。

如果只剩七天生命

说个故事给你听——

很多很多年前，纽约市非常萧条，碰上冬天特别冷的时候，公立学校会突然宣布放假一个星期，号称“省油假”，目的是那个星期可以把学校的暖气温度调低，省下不少买柴油的钱。

有一个十五六岁的男生，回家告诉他爸爸，放省油假了。

“一个星期的假，加上前后的星期六、星期天，足足有九天，你有什么计划吗？”男生的爸爸问。

“我就知道你会问我这个问题。”男生得意地说，“我早想好了。第一，我要准备功课，因为放完假第二天就要考试。第二，我要去图书馆借几本世界名著。第三，我要找同学聊天，看场电影。”

“好极了！”他爸爸点点头，还赏了男生二十美元。

转眼六天过去了，男生突然要他妈妈开车送他去图书馆。

被他爸爸听到了，问：“才借来的书，就要还了吗？”

“不是还书，是要借新的书。”男生喊，“我要写参加‘西屋科学奖’评选的报告，要借好多参考书呢！”

妈妈赶快带他去图书馆。只是绕一圈，没借两本，因为重要的书都被别人先借走了。他们只好去书店买，花了一百多美元。

男生利用剩下的两天假日，不眠不休地又读又写，总算在星期一清晨写完一份报告，打个小盹儿，就赶去学校交了。

当天放学，听到男生进门，爸爸、妈妈和奶奶都急着叫他赶快吃点儿东西去睡觉。

却见男生一皱眉，说：“不能睡啊！我得准备明天的考试。”

他爸爸跳起来问：“你不是一放假就准备了吗？”

“是啊！”男生哭丧着脸说，“可是，经过一个星期，都忘得差不多了。”

◎

故事说完了，好笑不好笑？你猜那个小男生是谁？

是我儿子！

你说他那样计划九天的假期，聪明不聪明？

不聪明！

为什么？

因为他没有分清事情的轻重缓急，没有把时间分成“大时间”与“小时间”。

想想，如果他能一放假就去图书馆借书，一次把写报告的参考书和用来消遣的小说都借来。先看参考书，用六七天去写报告，中间找同学聊天、看场电影，翻翻小说，散心，再利用靠近考试的两天准备考试，不是好得多吗？

他的错在于用大而完整的时间做了细碎的小事，却等“事到临头”，才用有限的两天赶大的报告。这样赶出来的东西，怎么可能得奖？不眠不休好几天，再准备考试，效果又怎么会好？

◎

再举个例子——

有一年，我带妻子到丹麦旅行，中午抵达哥本哈根。导游说下午自由活动，又指出美术馆和游乐园的位置，要大家自己决定去什么地方。

午餐后，我们立刻赶到美术馆，出来已经黄昏了，便去游乐园，并在里面吃晚餐。

晚餐时碰上几个同团的朋友，他们问我去了什么地方，我说去美术馆，还拿资料给他看。就见他们传来传去，露出十分羡慕的样子，又议论明天早上是否还有时间。问题是第二天十点美术馆才开门，旅行团九点半就要去挪威了。

后来我才知道，他们下午在旅馆四周的艺品店逛来逛去，误掉了去美术馆的时间。

而我，晚餐后再逛商店，居然还给太太买到一串带小虫的琥珀，给女儿买了个“益智积木”，没比“那些人”少看到什么。

第二天，当游览车从美术馆前开过，只见那几个人摇头叹气。

你说，他们为什么错过机会？

因为他们没能把握“大时间”逛美术馆，而在“大时间”做了“小时间”（逛商店）的事。

◎

再做个有意思的假设吧——

假使上帝说“你还有七十年的寿命”，你要怎么过？

你当然可以做长远的计划，积极地、稳健地向前走。

但是，如果他改了，对你说：“你还有七年时间。”

你就可能把握机会，多读一些书，多看看这个世界，多做些有意义的事。

又假使更可怜，上帝说你只有七个月了。

你要怎么做？说不定你会安排旅行、环游世界，去你梦想造访的国度。

可是，如果他说你只剩下七天了。

你当然是跟最亲爱的人相聚，交代身后事。

又如果那是最后的七分钟，怎么办？

你则可能抱紧你最爱的人，平静自己的心，面对人生的终了。

请问，你能在剩下七年寿命时，用七天的计划，又在只剩七天的时候，想去环游世界吗？

当然不行！

◎

中国有句俗话——“杀鸡焉用牛刀”。只是许多人在用时间上都犯了“杀鸡用牛刀”的错误。等到杀牛的时候，却发现只剩杀鸡的小刀。

所以，当你有一段假期，别急着办小事。

静下心想想，有多少需要用“大时间”完成的大事。

先把那些大事完成吧！

寻个人生的大梦

我住的小镇上，新开了一家很奇怪的店，只要经过，就能感觉到一种诡异的气氛。

玻璃橱窗里垂着黑帘子，帘子前面摆了一个水晶球、一片羽毛、一副牛骷髅和一只不知什么动物的“毛茸茸的脚”。再加上里面传出呜啦呜啦的音乐和熏人欲昏的香味，就更是“心毛毛”了。

“我要看！我要看！”偏偏小女儿好奇，坚持一探究竟，只好陪她钻进去。

天哪！真是五花八门。各种小瓶的香精、草药，满架的水晶、石头，墙上更有意思，挂着一片片的树皮、羽毛和编织物。

“要看看未来吗？要找你的生辰石吗？要用水晶治病吗？”一个灰白头发的老太婆，从柜台后面探出头，抖着两只手说，“我是一半吉卜赛人、一半印第安人，很准的！”

我摇头笑笑，指指女儿：“她感兴趣！”

“好极了！”老太婆钻了出来，“小妹妹要不要一个印第安人的‘捕梦网’（Dream Catcher）？”说着摘下一个挂着羽毛的圆网子，放到小鬼面前，神秘兮兮地说，“晚上挂在你的床上，保证你做个美丽的彩色梦。”

我相信这老太婆一定有什么魔力，最起码，我那从不吵着买东西的女儿，受到她的蛊惑。

一个圆框框，编成网状，下面再挂上三根羽毛，居然要二十美元。可是，小丫头吵，有什么办法？

◎

当天晚上，小丫头早早就上床了，盯着挂在床头的捕梦网，复述“老巫婆”的话：

“这世界上有很多噩梦和美梦的精灵，在夜里飞来飞去。挂上这网，噩梦一飞过，就被网住，不会动了。只有美梦，会顺着框框往下滑，滑过这三根羽毛，掉到下面。谁睡在下面，谁就会做个美梦。”

一夜过去。

“你梦到什么美丽的东西了吗？”女儿才睁眼，妈妈就问她。

小丫头摇摇头。

我跟着问，她又摇摇头。

奶奶、外婆、外公，每个人都问一遍，小丫头居然生气了，嘟着嘴坐在椅子上不说话。

“骗小孩的玩意儿嘛！”外公笑着说。

没想到，话才完，小丫头竟然放声大哭。好不容易擦干眼泪去上学，放学之后，还是板着个脸。

◎

吃晚饭，电视里播出小儿麻痹疫苗之父沙克医生的纪念专题。

五十年前的纪录片——一群因为小儿麻痹而一腿粗、一腿细得像根枯骨的小孩，穿着铁鞋和支架，一拐一拐地走着。还有一个在地上爬。

“他们怎么了？”女儿冷冷地问。

“他们得了小儿麻痹，在疫苗没发明之前，许多许多小孩都这样死了。就算活下来，也多半成了终身的残障。”我说，“爸爸小时候，就有两个邻居的小孩，得了小儿麻痹。”

“我会不会得呢？”小丫头瞪大眼睛。

“你不用怕了啊！因为沙克博士发明了疫苗，你不记得医生给你吃过一种粉红色的水水吗？吃了之后，就不会得小儿麻痹了。”

电视上的专题换了，先是喷出一团熊熊的火，一架航天飞机升空，接着在蓝天的背景上，爆成几道白光，然后是现场观众相拥而泣的画面。

“‘挑战者’号航天飞机！”女儿说，“我们老师教过，七个人，包括一位女老师，都死了。”

“对！”我说。

“他们上去做什么呢？”小丫头问。

“他们去寻梦。”

“寻梦？”

“不只是寻他们自己的梦，也是为我们每个人去寻梦。如果有一天，你能到外太空去旅行，就得感谢他们的牺牲。”

“他们没寻到梦，好像我。”小丫头摊摊手。

“对！沙克医生是寻梦者，为全世界每个人寻到‘不得小儿麻痹’的梦。‘挑战者’号的太空人也是寻梦者，为我们去寻梦。他们的梦破了，也是我们的梦破了。”拍拍小女儿，我又说，“所以，不要为你那小小的捕梦网没能网到美梦而不高兴。我们寻梦，要寻人生的大梦，为大家寻梦，为世人寻梦……”

男人是风筝

有个朋友，失业了好一阵子，全靠老婆工作，支撑家计。

最近，他找到了工作，应该是苦尽甘来，没想到为了一点小事，两口子反而大吵一架，闹离婚。

“苦日子都过了，现在应该甜了，为什么反而吵架呢？”

我不得不出面调解。

“都是她啊！我赶着去上班，托她把我的薪水支票存到银行。”做丈夫的说，“就那么几分钟的事，她居然说没空。”

“我是没空啊！”太太脸一板，“他明明知道我没空，交通车马上到了，我怎么能有空？”她叹了口气，“唉！我还跟他说，你把支票放着，我明天有空再去存，他居然就火了。您说，他是不是不讲理？”

“是这么一回事吗？”我转头看那丈夫。

他没答话。

“这就是你的不是了，好啦！好啦！”我起身，送他们出去。又找个借口，把丈夫留下，先瞎扯了一阵，看他情绪平复了，再婉转地问：

“我看你一定不是只为了存钱那么一点小事，是不是还有别的原因？”

“没有！真的没有，就只为了存钱的事。”

“你要存多少钱哪？那么急？”

他说出数目，吓我一跳：

“这么多啊！真没想到。”

“是啊！因为我特别卖力，有奖金，加上中午不休息，有加班费。”

“你赚这么多，她应该高兴啊！”我说。

“是啊！可是您知道吗？她连看都没看，她根本不知道我这么辛苦，赚了这么多。经过这段赋闲，我再出发，我在拼命啊！”

突然间，我懂了。他那天是兴高采烈地希望“秀”给太太看，不是真要太太去存，偏偏太太连支票都没有看一眼，使他热脸贴上冷屁股，所以生气。

我笑了，拍拍他：“原来你是要表现给她看，对不对？”

他点点头。

◎

有个老同学，从小“冰雪聪明”，能力过人。从台湾大学医学院毕业二十年了，不但有了自己的诊所，而且一天天扩大。现在已经拥有两家医院，请了一票医生。

有时候到他医院，看他指挥那些美国医生，觉得他真权威。可是，只要坐上他的车，就发现他不那么权威了。

几乎每一次，从上车，他就会开始怨他太太。说太太对他管教太严，既不准他使用按摩浴缸，说泡太久会伤身；又不准他烧壁炉，说会把钢琴烤坏。

当他怨太太的时候，我觉得面对的不是“院长”，倒像是听个小朋友在怨他妈妈。

所以，我都管“他太太”叫“他妈妈”，明明是我要跟他打球，却必定打电话跟“他妈妈”约，因为他的时间由“他妈妈”操控，他说的不算，反而“他妈妈”说了算。

“他妈妈”其实年轻漂亮，对人客气极了，完全不是凶婆娘的样子。只是细细观察，可以知道他的能力，多半通过他的太太才能完全发挥。

他的医院由他太太管账，他的工作太太在后面推动。早上太太一边化妆，据说还一边对床上的他做精神训话。

接着，两口子一起出发，把事业经营得蒸蒸日上。

我又发现，他虽然常怨他太太，其实对他的太太是又怕又爱，那怕里有爱，爱得害怕。

我也猜想，他如果没有“他妈妈”的激励，就不容易有今天的成就。

◎

名导演李安的太太林惠嘉，大概也是这么一位“妈妈”。

在纽约法拉盛的演讲会上，林惠嘉说“李安是我最小的儿子”。

可不是吗！从他们认识，林惠嘉就扮演最佳的听众。后来，李安转学到纽约，两个人总要通特长的长途电话。林惠嘉说得好——

“我和李安的认识与在一起，真没有什么罗曼蒂克。我唯一做的，就是听李安说从小到大，发生的每一件事。”

当李安赋闲在家的六年间，林惠嘉也像对孩子一样。她一个人出去工作，让李安自己在家思想、在家用功。鼓励他再出发，好像激励一个重考的孩子。

林惠嘉还说，现在李安到外面拍片，回到纽约的时候，无论有多晚，即使公司安排车子接送，林惠嘉都尽可能自己开车去接李安，因为这段时间对他们非常重要。

于是我想，在车上也一定有个像孩子般的大导演。忙不迭地，絮絮叨叨地对老婆述说外面的一切。然后，听老婆的赞美，也听老婆的教诲。

怪不得李安的《卧虎藏龙》居然没得到金马奖最佳导演奖时，有记者问李安的感想，李安很妙地回了一句：

“很想快点回家被老婆骂一骂。”

◎

看丘宏义写的《吴大猷传》。

这位阻止蒋介石发展核武，造就出李政道、杨振宁的“中国物理学之父”，给我印象最深的，却是他最不为人知的情感生活。

六十一岁那年，吴大猷遇到了二十四岁的吴吟之。

突然之间，这位学者怔住了，感觉这女孩子的感觉那么熟悉，正如吴吟之所说——“他就觉得我是他家里的人……因为有人说我跟他妈妈长得有点像。”

就这样，吴吟之成为吴大猷的义女，放弃了原来属于自己的社交天地，留在吴大猷的身边，一留就是三十多年。

在这段时间，吴大猷教她英文，要她去学钢琴、古典音乐，碍于人言可畏，吴吟之不能住在吴大猷家，但是，每次吴吟之晚上回到自己的家，吴大猷一定要追个电话，好像一刻也离不开她。

尤其是生命中的最后几年，据他们的好友詹景惠说，吴大猷对吴吟之的依赖，已经到了病态的地步。有时候，吴吟之的朋友来聊天，吴大猷就像个孩子，安安静静地坐在旁边，一坐几个钟头。

于是，我的眼前又浮起一个像李安夫妻的画面，一个小女子，听那世纪老人，述说生命中的点点滴滴。老人孑然一身在台湾，背负着中国物理学之父和“中研”院长的“重担”，可是更需要的却是这个小女子的扶持、聆听与陪伴。

最感人的是一九九八年，吴大猷带吴吟之一起去广东时，对她说的话——

把断线的风筝拴在地上，使其能高扬的吟之，有你的地方就是我的家。

几个朋友聚会闲聊，谈到为女儿找对象。

“孝顺娘的男孩子对太太会比较好。”不知是谁，冒出这么一句“老话”。

却听另一头有人哼了一声：

“你错了！那是在他的娘死了之后。”

大家都一惊，转头看她，只见那太太慢条斯理地继续说：“要是他娘还活着，他一定听娘的，不听太太的。直到他娘死了，他才会把老婆当娘，开始听老婆的。”“照你这么说，如果有一天他老婆也死了，怎么办？”有人促狭地问。

“那还不简单？有女儿，他就听女儿的。没女儿，他只好再找一个娘。”笑笑，“这就叫男人的‘三从’——在家从母，结婚从妻，妻死从女。”

或许她这些像是玩笑的话，却也说中许多男人的心吧！

有些男人是树，女人是藤；有些男人是藤，总要找一棵树。也很可能男人都是树，女人则像太阳，树总要朝着太阳生长。

所以许多男孩子，小时候听妈妈的，做什么都为取悦妈妈；长大了，有了女朋友，什么都取悦女朋友；结婚了，女朋友成为太太，又什么都听太太的，处处讨太太欢心。

如果不幸，太太早死，那男人确实可能就像吴大猷，守着女儿，守着那个太太般的女儿。

吴大猷说得不错，男人是风筝。看来多么遥不可及的风筝，都有一根细细的线，偷偷地牵在一个女人的手里。

没了那只柔弱的手，风筝就飞不起来；断了那根线，风筝就将坠毁。

嘘！请让我静静地走

去年中秋节的第二天，跟朋友约好打球，路上觉得眼前的东西亮亮的，过去的经验告诉我——可能要病。

果然，网球才打不久，肚子就痛。强忍着打了几局，实在受不了，只好请朋友把我送回家。

冲进屋子，钻进厕所，就崩溃似的泻肚子。起先只是泻，接着吐。吃了止吐药下去，马上又吐出来。试着坐进放热水的浴缸里，还是止不住。

就这样，持续几个小时，皮肤上的血管全凹陷了下去，眼前白茫茫的，要晕倒。

已经没办法移动，只好叫了救护车。才十分钟，警察、医生、救护车全到了。里里外外传来重重的脚步声和对讲机的呼叫声。

我被抬上了担架，转出卧室，进入客厅。太太扶着担架，女儿跟在后面，临出大门，看见九十岁的老母正守在门口。

她脸上居然没有一丝惊恐，只是一个字一个字，用很坚毅的语气对我说：

“你去吧！家里有我，你放心。”

车子呜啦呜啦地开到医院，先抽这个、验那个，再插上管子打点滴。

家庭医生和邻居都来了，站在床边跟妻子讨论病情。不知为什么，胃里乱，心也乱，觉得周遭一点点声音都使我不安，即使是人们的慰问声与笑声交谈。

那一刻，我只想静静地忍受痛苦，面对自己、面对生命。

◎

记得不久前，看过一部瑞典的电影*sofie*，描写住在瑞典的一家犹太人。

经历了困顿、流离、数十年的苦难，一个病重的犹太老人走进客厅，盯着逝去妻子的画像，再回到自己的卧房。

孩子到床边，说了几句安慰的话。

老人颤抖地示意，请大家出去：

“我想一个人，因为如果亲人在场，舍不得，我的灵魂不会快乐。”

大家在门外守着，再进去时，老人已经死了。

看电影时，我就猜想：犹太人是不是有这种习俗，宁愿一个人面对死亡？他们是不是也像佛教徒一样，认为亲人的哭喊，只会使死者舍不得离开，造成灵魂不安，而无法“平安往生”？

接着看《爱因斯坦传》，写父亲在意大利病危，等爱因斯坦再进去探视，父亲已经死了。

爱因斯坦是犹太人，他的父亲也用了同样的方法，面对死亡。

◎

躺在急诊室的病床上，我有了很深的感触。

死亡与病痛都是别人无法替代的，只能由死者和病者自己去面对。

若情况尚佳，医生、家人的几句安慰，还能唤起一些生机，使“躺着的人”露出些笑容。

但是，当有一刻，药石罔效，大限将至，就只有由那重病的人，独自面对死亡。

死是“大痛”，在那“大痛”时，自己忍痛都办不到了，哪还有心情听别人的言语？

死是“大限”，在死的另一端，是谁也不知道的另一个世界。就如同被推下悬崖的人，有谁还能回顾？

我开始怀疑，在将死者的身边诵经、祝祷，是会使死者“心安”，还是反而造成“心乱”？最起码，我在重病时，宁愿有个独自安静的环境，让我能面对自己、面对生死。

当我们总是要病人“静养”的时候，是不是也应该让他“静死”——

安安静静地死去。

◎

从那次大病到今天，已经半年了。

不知为什么，我心中常浮起两个画面。

一个是妻在床边对我说：“孩子没害怕，已经睡了。”

一个是老母站在门边说：“你去吧！家里有我，你放心。”

最近在报上看到一篇短文，很感动。

短文写一位老父病危，大家围在四周哭泣的时候，其中一个儿子突然说：

“爸爸，谢谢您的养育之恩。”

我想，当有一天，我将“永远地离开”，我只想听见家人对我说两句话——

谢谢您的养育之恩！

好好走吧！家里的一切，请你放心。

前一句话，肯定了我的存在；后一句话，让我没有牵挂。

然后，就请安静——

嘘！不要哭、不要怕！只轻轻地挥手，让我静静地起程，在另一个国度等你们相聚。

不负我心，不负我生

有位读者写信给我，劈头就问："您说自己的处世原则是'不负我心，不负我生'，又讲'世间本无法，法在我心'，这表示您什么都不信，只信自己了。"

我当时一怔，觉得不无道理。但我并非刚愎自用，大不了是相信自己认知的事。而且，这两句话不一定是我发明的，所以我又上网查"不负我心，不负我生"。网上一下子跳出几百万条，居然没见什么古人的名字，只见到引述我在不同地方提到这两句话，搞不好，"不负我心，不负我生"真是我造的。

问题是，我从什么时候，产生这"想法"呢？大概得从小时候说起了：

初中一年级，学校发给每人一个小册子，封面上印着"日行一善日记”，大概因为那时候提倡日行一善，所以规定每个孩子要记下善行。导师说得好：“你可以一天行三善，但是分开三天写，绝不能空白一天，只要有一天没行善，就扣分，而且是扣操行分数。”

“日行一善日记”每星期交一次，到了那一天，只见大家抓耳搔腮，绞尽脑汁地编“善行”。记得我旁边桌子的同学，天天写“帮爷爷擦屁股”，不知是真是假。

我当时最常写的是“熄灭遗火”，意思是有没灭的火种，可能造成火灾，我把它熄灭。为了不撒谎、不编织假的善行，我好几次差点被车撞，因为当我过马路的时候，看见未熄的烟蒂，会立刻停住步子，甚至猛地往回跑，过去把烟踩熄。

今天回想起来，我是从小就有“强迫症”，因为一旦看到烟蒂，管它灭了没有，我有非踩不可的冲动。而且好几次在路上看到香蕉皮，当时没管，却愈走愈不心安，最后不得不回头把香蕉皮捡起来。甚至上大学都一样，有一回在地下道台阶上看到个空瓶子，没理睬，都走到街对面了，不心安，又跑回去把空瓶子扔进垃圾桶。

我为什么不安？是良心不安！因为我会想，如果一个孕妇不小心踩到香蕉皮或瓶子，摔伤了，流产了，怎么办？我还想得更远：说不定那孕妇怀的孩子将来能成为伟人，改变人类的历史，这一摔，对世界的影响可大了。而我如果不及时把香蕉皮和瓶子捡起来，这罪过也大了！

后来，在谈命理的书里，居然看到类似的说法。譬如讲一个人莫名其妙地好命，可能不是他自己修来的，而是他的祖先积德，那“德”又不一定是修桥补路，而可能是在街上移开一块石头，在溪边放生一只王八。套句现在的流行语“蝴蝶效应”，就因为那么个小动作，竟然产生连锁反应，改变世界。如果变得好，当然是积了大德，所以即使没报在当时，也会报在子孙。

我这“不负我心，不负我生”的想法，到中年更严重。我太太一直到今天都怨，我有一阵子到了睡觉前就犯毛病，不是说自己写了文章没画画，就怨画了画没写文章，再不然怨书读少了。听她这么说，我的答案很简单：“怎不说我向圣人看齐呢？这不是曾子的‘一日三省吾身’吗？还有黄山谷说‘三日不读书便觉面目可憎，言语乏味……’可见跟我有同样毛病的人不少，他们不靠外力逼，而靠自省，往往能有成就。”

三毛显然也犯这毛病，她有篇文章好像就叫《不负我心》，说她晚上心不安，正不知怎么形容那种心境，看到我文章中的“不负我心，不负我生”，觉得“真是一言中的”。可不是嘛！她有一回打电话给我，说只为写两千字的东西，已经五天没出门了。我问她：“谁在催稿？”她说：“没人催，是自己在催。”

“自己在催”比什么都重要，想想，一个孩子，大人不催不学习，跟自己催自己学习，哪个管用？自己催，凡事希望“不负我心”，是忠于自己、忠于良心。就算过度了，成为工作狂、偏执狂，甚至有“强迫性行为（OCD）”，也比凡事被动来得好哇！

我很喜欢英文dignity，可惜中文没有完全对应的字，翻译成“庄严”，太表面了！翻译成“自尊”，又太自我了！翻译成“被别人尊重、肯定”，又太被动了！dignity既是对外自信的表现，更是对内的自我肯定与期许。它不应该因为别人肯定才自我肯定，更不能为了得到别人肯定而刻意表现。

记得有一回，我跟太太去花店买连翘花，当时高速公路两边都在盛开连翘，太太笑说：“路边伸手拔一棵不就成了？足足省下三十美元。”我的回答是：“我的dignity，远超过这三十美元。”

也记得以前有位开画廊的朋友，聊天的时候说当人问他往哪个方向去的时候，他如果往西，却不愿透露，他会讲“我没往北去，也没往南去”。

别看他淡淡的这么一句话，却深深留在我心，而且在文章里再三提到。尤其是他说为什么只要撒个小谎就成了，他却坚持不做，是因为他人格的价值远远超过那句谎言。

前两天看电视上有关梅兰芳的报道，说日本侵华的时候，梅兰芳想尽办法推辞演出。又说第二次世界大战之后，梅兰芳去日本找他的一个老朋友，从东京找到大阪，终于有了消息，可惜是个坏消息：那朋友已经死去多年。

梅兰芳依然去那人家中，鞠了躬，并在桌上留下一副景泰蓝的袖扣，是第二次世界大战前答应那日本友人的。

我关了电视，想梅兰芳的演出，想《梅兰芳》的电影，觉得都不如刚才看到的那副袖扣。我也想起挂剑的吴季札、《诗经》里说的“不愧于屋漏”（意思是在最没人见到的地方，也不做亏心事）和《论语》里的“久要不忘平生之言”。

不负我心，不负我生。世间本无法，法在我心！

落花人独立

一月中旬到“故宫”[1]看展览，见旁边的至善园梅花初绽，于是隔周带着画具去写生。进门吓一跳，原以为该是梅花成海，居然换作满眼新绿，还隐约可见小小的梅实。只有“松风阁”旁一棵两丈多高的树顶一片红，是绯寒樱！

那树应该很老，才能长得奇高，又一定曾经生病或遭遇强风，靠近下面的枝子全断了！所幸树梢还能开花，而且大概集中整株的力量，特别明艳。

樱花的种类很多，最著名的应该是吉野樱了。日本气象厅怕民众错过吉野樱开，甚至会预告各地的“花期”。更有所谓“樱花祭”，

① 故宫：这里指的是中国台湾的台北故宫博物院。

吉野樱盛放的时候，人们携家带眷聚在花下，整夜地饮酒高歌，让人想到李白《春夜宴桃李园序》中的“古人秉烛夜游，良有以也”，道理很简单！唯恐春花易逝、韶华不为少年留。晏几道《临江仙》“落花人独立，微雨燕双飞”形容得更好：因为微雨，花愈易落；因为花尽，人愈孤独。

吉野樱是人工育种，多半娇生惯养，所以很不耐，一阵风来就花落如雨。但是台湾绯寒樱不同，她世代在凄风苦雨的山上成长，所以强壮得多。加上花形不同，吉野樱盛放时拼命伸展花瓣，一团一团地簇生，甚至能把枝子压弯，而绯寒樱是“吊钟形”，就算盛放也只半开，像是张着小嘴挂在枝头。风来雨来甚至霜雪来，都只能落在“小铃铛”的外边，花朵朝着地面，依然吐蕊绽放。也就有轻车熟路的蜜蜂从下往上飞，钻进去采蜜，甚至躲在花里避寒。想想！如果有个红红透明的小玻璃屋挂在半空，任凭冷雨寒霜从四周坠落，里面明窗斗室、晶莹剔透，还供应甜蜜香醪，小虫进去能不陶醉吗？

正因为绯寒樱都朝下绽放，所以我特别喜欢仰望的感觉，如果像至善园的大树就更好了，她让我一下子飞回惨绿少年。那时候，我高二因病休学，很忧郁，特别喜欢独自登山。最记得有一回从阳明公园远眺，看见大屯山整片早春的翠绿森林中，跳出一团艳红，美极了！于是决定上去寻芳，看看那棵树真正的样子。

早春的阳明山有些湿冷，纱帽山、七星山和大屯山间的寒风夹着冷雨，一层层像纱帘似的扯过。我独自从阳明公园旁的小路绕到后山，再沿着大屯瀑布旁的古道往上爬。雨中布满青苔的石头很滑，山势陡又没护栏，失足坠落也没人知道。终于到达瀑布顶端，有个小房子，似乎是积蓄泉水的地方。前面山麓的地势较平，从一片枫香杂木林间隐约可见一抹红，应该就是那棵绯寒樱了。为了寻花，我不得不舍弃原有的小路走进树林。草很高还常带刺，树叶上有许多米色的毛毛虫。我捡了根树枝拨打草丛，不时听见里面窸窸窣窣“小动物”遁逃的声音。

烟岚夹着冷雨，虽然不大，但是积在树梢的雨水随风一波波洒落，噼噼啪啪地打在我的脸上。视线模糊了，摘下眼镜低头擦拭，发现四周草丛和树干上有好多鲜丽的小点子。抬头，一惊，满天绯红！树很高，几乎隐没在雨雾之中，点点飞花拖着道道冷雨，纷纷坠落……

少年游　三人行

并刀如水，吴盐胜雪，纤指破新橙。锦幄初温，兽香不断，相对坐调笙。

低声问：向谁行宿？城上已三更。马滑霜浓，不如休去，直是少人行。

很少人不知道这首周邦彦的《少年游》。除了由于他写得生动，我相信更因为有关这首词的传说，那活色生香，甚至有点“限制级”的场面，怎能不令人印象深刻？

周邦彦正跟李师师温存，突然外面传来皇上驾到！周邦彦八成光溜溜，来不及穿衣服，只好匆匆抓着衣服鞋子钻到床下。好险哪！接着徽宗就进来了，还递给李师师一个新鲜的橙子。

后来，有人评论哪儿能那么小气？皇上要给橙子一定是一筐，怎会只给一个？我则要说这样批评的人真是太不懂情趣了，如果皇上亲自抬来一篮，或叫人扛进一箱，有多俗？宋徽宗可是大艺术家，搞不好他还逗趣地，把橙子抛给李师师接呢！

美女倒也不怠慢，马上准备了亮如水的并州剪刀和白如雪的吴盐，纤纤十指切开新鲜的橙子。锦缎的幄幔隔开外面的寒气，兽首的铜炉吐出袅袅的香烟。两人对坐，调音吹笙。女子附耳小声问："今天夜里还回去吗？您听！城楼上已经敲了三更鼓，夜凉，如果结霜，马蹄容易打滑，不如留下吧！路上冷冷清清，可真没什么人了呢！"

宋徽宗是否留下？周邦彦没写！搞不好他整夜躲在床下，听上面颠鸾倒凤翻云覆雨。这种色情小说的情节到了周邦彦手里，却能"不着一字而尽得风流"，让人充分发挥性幻想，怪不得一路传诵到今天。

我以前教写作，也喜欢举这首词做例子。周邦彦好像拍电影，由小至大，先特写"并刀"和"吴盐"，再把镜头稍稍移动，呈现李师师的纤纤玉指。接着把新鲜的橙子破开，让人想象房间里弥漫一股橘皮的香气，顺势把镜头再拉远，呈现锦幄的华丽色彩和兽首铜炉的袅袅香烟。帘幕的软、香炉的硬，加上缕缕青烟的动态和嗅觉，意象真是好极了！

镜头再拉开，两位主角终于出现，还有调笙的动作和吹奏的旋律。可以说色彩、动作、旋律、香味、大特写、小特写、中远景全有了。最后，丽人终于开口，小小声带点试探和羞怯：今儿晚上还走吗？回家？又或是要去别人那儿？窗外远远传来咚！咚！咚！三更半夜了！镜头跳接到深夜的城楼巷弄和等在门口的马车，还有闪着寒霜的石板道。

“别走了吧！街上半个人影都见不到！”

风情万种的李师师有一句没说：

“倒是床下还藏了一个，让他听听好戏，咱仨，多刺激啊！”

图书在版编目（CIP）数据

人生不过一场爱 /（美）刘墉著. — 北京：北京联合出版公司，2017.7

ISBN 978-7-5596-0510-8

Ⅰ.①人… Ⅱ.①刘… Ⅲ.①散文集—美国—现代 Ⅳ.①I712.65

中国版本图书馆CIP数据核字（2017）第132655号

《人生不过一场爱》，经刘墉授权在中国大陆地区独家出版发行。

著作权合同登记 图字：01-2017-4004号

人生不过一场爱

作　　者：（美）刘墉

责任编辑：熊　娟

封面设计：仙境设计

北京联合出版公司出版

（北京市西城区德外大街83号楼9层　100088）

三河市文通印刷包装有限公司印刷　新华书店经销

字数188千字　880毫米×1230毫米　1/32　8.5印张

2017年8月第1版　2017年8月第1次印刷

ISBN 978-7-5596-0510-8

定价：39.80元

本书若有质量问题，请与本公司图书销售中心联系调换。电话：010-82069000